つまらない夜に取り残されそうで

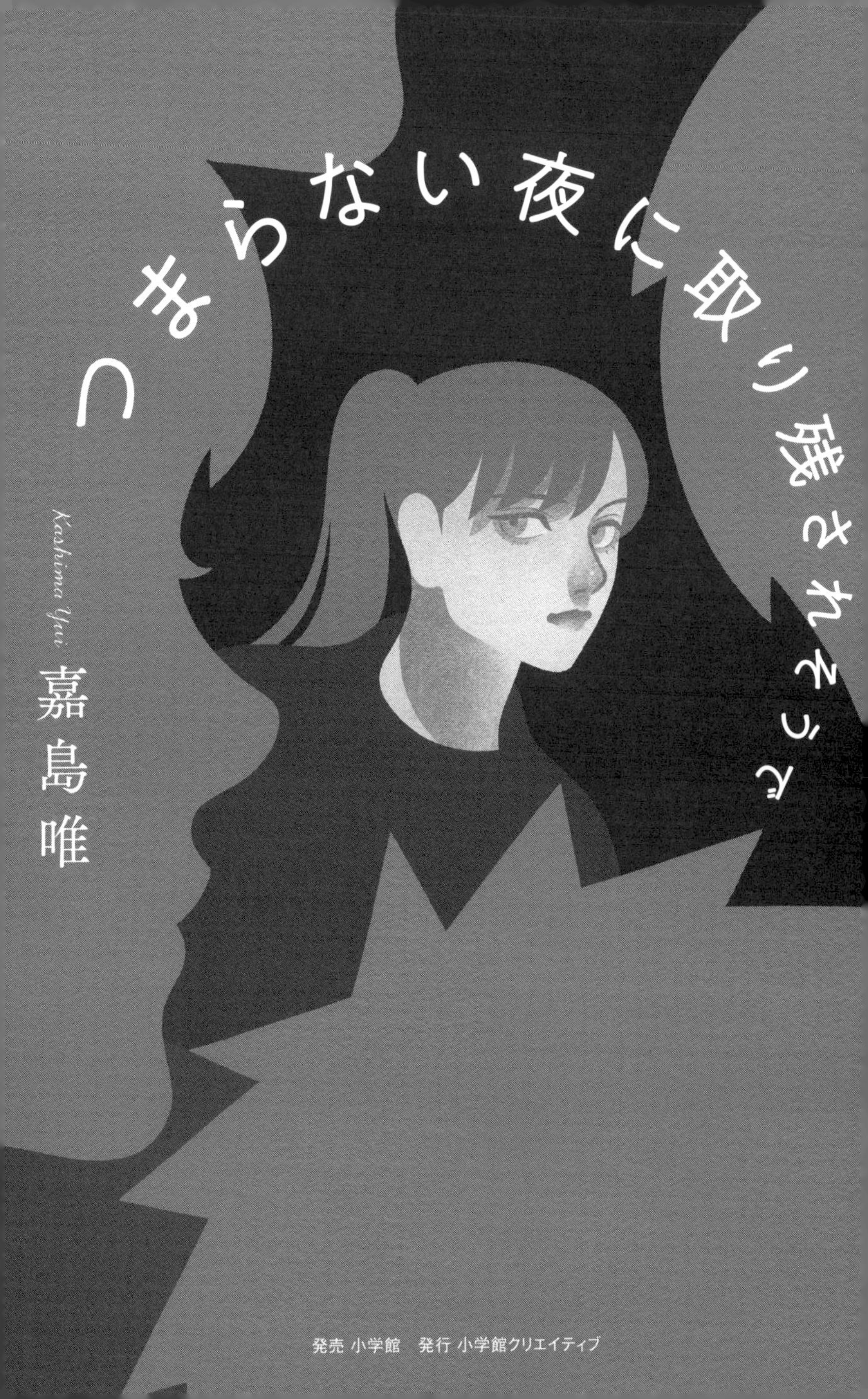

Kashima Yui
嘉島唯

発売 小学館　発行 小学館クリエイティブ

認めたくない事実が、突きつけられる。
Jが結婚すると聞いて焦ったのは、
自分を必要としてくれていると思っていた存在が、
どこか遠くへ行ってしまう気がしたから。

はじめに

深夜2時。青白い蛍光灯だけが光る静かな商店街を歩いていると、一緒にいた友達が「結婚するとみんな変わってしまう。あの子も、あいつも変わった」とぼやいた。私はだいぶ酔っ払っていたので「その人に向けるあなたの眼差しが変わっただけじゃない？」と、なんの気遣いもなく否定した。こういうのをやってしまうから、友達が少ないのだと思う。私だって同じことを思っているのに。そういえば昔「言葉の刃渡りが長い」と怒られたな。頭がいい人は、刃をうまい具合に隠して、誰も傷つけずに伝えることができるのだろう。

「大人とは、裏切られた青年の姿である」

太宰治は『津軽』でそう書いていた。この言葉は、他者や社会などに裏切られる経験を通して、青年は大人に移行するという意味らしい。

『津軽』は、太宰自身が故郷を旅しながら「育ちの本質」を確認し、終盤には幼き日の子守女に再会することで、生まれて初めて心の平和を体験する〝自伝的小説〟といわれている。

自死を考える序盤から、物語が進むにつれて視界が広がっていく変化は、「自分探し」そのもののように見えて、私は『津軽』を読んだとき「こういう境地に行き着くことができたら、自分にも心の平和が訪れるのだろうか」と思った。

自分には故郷と呼べる場所が思い浮かばない。生まれ育った街は埋立地で、根を張るようなものは何もなかった。チェーン店がパズルのように敷き詰められて、売り上げが悪くなると、別のピースにすぐ差し替わる。でも、こういう人工的な街にも、近所の噂話や湿っぽい人間関係が漂っていることに気がついたとき、絶望した。

コンクリートに生える雑草をむしり取るように、私は中学から電車通学することに決めた。毎朝電車の中から東京湾を眺めて、地元から学校に向かう。陸地と海の境目を見ていると、自分の身体が土地から切り離されていくようで、心地よかった。

東京は街並みがすぐに変わる。常連の店をつくろうにも、馴染む前に閉店したり、移転したり、リニューアルしたりする。帰る場所としての家だって、ほとんどが賃貸物件で、

2年の契約更新のたびに住む街を変える人も多い。変化のスピードが早すぎて、根付くことができないのだ。

まだnoteが道玄坂上にオフィスを構えていた頃、同社代表の加藤さんに話をしていたら「じゃあ、そういう人生をエッセイで書いたら」と言われたのが、この本の種だ。「えー、イヤです〜」と拒否感を示すも「みんなが故郷を持ってるわけじゃないし、定着したくない人もいるでしょ」と背中を押してもらった。

自分の幼少期の体験を振り返って、ようやく気がついたのは、私は「未満」というステータスに惹かれやすいことだ。手が届きそうで届かない状態は、焦りやもどかしさもあるけれど、切なさと自由がある。こういう嗜好は、故郷を摘み取ったから生まれたのかもしれない。

周りを見渡せば、家庭や仕事、もっといえば家や資産などを手に入れた大人たちの安堵感が光って見える。でも、東京23区のマンションの平均価格は1億円を超えたというニュースを見たばかりだと、じゃあこれから自分も所有側にいこうという気持ちにもなれない。

身の回りの「未満」の状態に思いを馳せると、「刺激と安定」とか「怒りと平静」「結婚と独身」「仕事と生活」みたいな二者択一を迫られている状態だったりする。どちらかを決定できない私は、結局何も手に入れられていない。でも、ないものねだりをし続けないと、前に進めないのだ。明日を迎えようという気持ちになれない。

そういう未熟な人間を「青年」と呼ぶのだろう。裏切られては、ふてくされて、泣きながら嘔吐して、文字を打つ。その積み重ねが1冊になった。この本は、エッセイとフィクションを混ぜ込んだ短篇集で、私自身の体験を書いたものと、どこかの誰かの話が曖昧に混ざっている。一部は、連作だったり番《つがい》だったりするので、タイトルを見て関連性を見つけてもらえると嬉しい。「曖昧にするってことは、客観的に見るとわかりにくいんですよ」と、自分よりもずっと若い編集者から怒られそうだ。というか、怒られている。

故郷を再訪するかわりに、インターネットにエッセイを放出することで、自分の輪郭が見えてきたものの、心の平和はまだまだ遠い。今日も裏切られたり、赤恥をかいたりして、夜を明かす。安らかに眠れる家まで私を運んでくれるタクシーはまだ来ない。

嘉島　唯

CONTENTS

第二篇「東京」――109

本書に登場する人物は、
実在の人物とは関係がありません。

本書はnoteで配信された記事
（P12「きみも『卒業』してしまうのか」はキリン×noteの「#ここで飲むしあわせ」投稿コンテストの参考作品。P159「東京に馴染む」はいい部屋ネット×noteの「#はじめて借りたあの部屋」コンテストの参考作品）に大幅な加筆修正と書き下ろしを加えています。

第一篇——「恋と友情」

きみも「卒業」してしまうのか

人間は4時間に1回、嘘をつくらしい。実際、私は無意味な嘘をつく。

23歳の時だった。六本木通りを一本入った雑居ビルにある「小松」という居酒屋で、私は小さな嘘をついた。その日初めて会った青年・Nに「ハイボールよく飲むの？」と聞かれ、意味もなく答えた。

「うん」

目の前に運ばれてきたそれは、安い蛍光灯の光を浴びてキラキラと輝いている。まるでいつもやっているかのように、ジョッキを軽くぶつけた。Nが目をぎゅっと閉じて喉を鳴らして飲むから、私も同じようにして金色の液体を食道に流し込んだ。

初めて飲んだハイボールは消毒液みたいで全然美味しくなかった。

◆◆◆◆◆

当時、私は社会に飛び出したばかりの新人営業だった。大学を卒業する頃は「つまらない大人になんてなりたくない」と息巻いていたものの、そんな気持ちは、すぐに消えた。「目標必達」をスローガンに掲げる営業部署は、つま先が尖った靴を輝かせ、スリーピースのスーツを纏う屈強な先輩社員ばかり。

会議ではボスである課長が〝未達〟の社員に「なんでビハインドしてるんだ、答えろ」と詰問し、長机を蹴り上げていた。

打撃音が狭い会議室に響くと、大柄な男たちは揃いも揃って縮こまる。私は『アウトレイジ』の世界に迷い込んでしまったのかもしれない。

怒号を浴びたくない。1件でも多く契約をとるために、日中は道路横でティッシュ配りをし、日が沈む頃オフィスに戻るようになった。夕方から資料作成を始め、シャワーを浴びるため朝方に家へ帰る。安い給料から月に数万円がタクシー代に消えていく。頭痛薬をレッドブルで流し込み、再び満員電車に飛び乗っては、会社に向かった。

しばらくすると、私は「意固地な女キャラ」を獲得したらしく、会社の先輩からは「お前、もうちょっと女の強み活かせや〜かわいげ大事だぞ」と、からかわれるようになった。この男の手の甲に、思いきりアイスピックを突き刺してやりたい。そんな苛立ちを飲み込んで「あはは、そうですね〜」とヘラヘラ返す。

会社のトイレに逃げ込むと、ドアの外から女性社員たちが「部長、左遷されたらしいよ〜」「まじで?」「何やっちゃった感じ?」と社内の噂話をしていた。彼女たちの笑い声を聞きながら、私は昼に食べたゴーヤチャンプルを嘔吐した。

◆◆◆◆◆

Nと出会ったのは、そういう最悪な時期だった。友達から「きみに合いそうなヤツがいるから紹介したい」と言われて、森美術館に足を運ぶと、Nは待ち合わせ時間から20分ほど遅れて森美術館に現れた。

ぜえぜえと肩で息をするNのカーキ色のコートは着崩れていたし、髪の毛はボサボサだ。顔を上げながら「すみません、遅くなりました」と言う姿を見て「空から変なヤツが降ってきた」と思ったのを覚えている。

森美術館に行った後、近くで飲もうという話になり、向かったのが「小松」だった。「小松」は、一等地にあるとは思えない出で立ちの安居酒屋で、どうやらNはよくここで飲んでいるらしい。

彼は建築を学ぶ大学院生で、私大文系卒の私からすると出会ったことのない人種だった。平成生まれのくせに小沢健二が好きで、森博嗣の小説を愛読しているという。「吸ってもいい？」と一声かけてオレンジ色のアメスピを吸う彼の細い腕には、私が買おうか悩んでいたイッセイミヤケの時計が光っていた。

浮ついた笑い声が飛び交う中、かろうじて見つけた席につくと、Nから「何飲む？」と紙のメニューを渡された。

「う〜ん……」と悩んでいるふりをしながら、私はこの会話に緊張していた。というのも、そのときまで私はアルコールをほとんど飲んだことがなかったのだ。大学ではサークルに入り損ね、ゼミでも存在感がなかったため、飲む機会がなかった。

びっしり書かれたアルコールメニューを見ても、どうしていいのかわからない。こういうとき、何を飲むのが正解なんだろう。黙っていると、Nはごく自然に「僕はハイボールにしようかな」と言った。流れるような意思表示に、思わず「私も」と乗っかった。

アルコールに耐性のない私はさっそく酔っ払っていて、「今日の展覧会は60年代の日本の作品がメインだったけど、あの時代はいいよね。私は坂本龍一が大好きなんだけど、彼は当時、バリケード封鎖された新宿高校の校庭でジャズピアノを弾いていたらしいよ」と、趣味の話を始めていた。２０１０年代を生きる若者に60年代の話をしたところで「めんどくさいヤツ」だと思われるだけなのに。

おそるおそる視線を上げると、Ｎの目は予想外に明るくなって「いいよね、60年代」と返された。それから、Ｎは門外漢の私にも理解しやすいように60年代の建築について滔々《とうとう》と語り始め、「あの時代に憧れる」と会話が弾んでいった。気がつけば右手に持ったジョッキの中は空になり、またハイボールを頼んでいた。なんのきっかけか忘れたけど、価値観とか夢とか美学の話になったとき、Ｎはこう言った。

「１００年残るものをつくるのが、夢なんだ」

建築とは、その場所に１００年残ることを意識してつくられるらしい。だから彼は生活が激変する中で、人々の生活に馴染むものをつくりたいんだと言う。東京の街並みは、1年間で2%が変わっているらしいから、100年残る建物をつくるなんてかなり壮大な夢だと思う。

営業成績に一喜一憂している私にとって、Nの夢は眩しかった。夢なんて最初から持たないほうがイージーに生きられると思い始めていたから。

「きみは面白いね」

六本木駅までの帰り道、Nは私に向かってこう言った。

23年間生きてきて、そのとき初めて、私は心から安心して呼吸をした。アルコールは、感情のコントラストを大きくする効果でもあるんだろうか。何気ない一言に異常なぐらい感動して、ここが六本木通り沿いじゃなかったら泣きたかった。その日から私はNと「友達」になった。

Nとは、あの本が面白かったとか、あの映画はエモいだけで何もなかったとか、あのビルは最高に美しいとか、そういう話をしながら数えきれないぐらいのハイボールを飲んだ。私は彼に「面白いヤツ」だと思われたくて、隠れて本をたくさん読んだし、映画も見たし、勉強もした。逆にちょっとでもいいから自分に近づいてほしくて、彼にいろんな本を貸したし、美術館やライブなどいろんな場所に連れ出した。

恋愛の話だってしてした。Nには彼女がいて「恋人は才能溢れる人で、今でも十分に優れているけれど、もっと成長するんだと思う」と話していた。彼が恋人の話をするときはきまってハイボールのグラスを見つめる。

Nの横顔を見ていると羨ましくなった。「私にもそんな人ができたらいいなぁ」とつぶやくと笑われた。

Nと私は全然違う人間で、同じものを見ても違うように感じたし、その差異が面白かった。住む世界も立場も離れているのに、お互いが好きなものは手に取るようにわかる、稀有な存在だった。

◆◆◆◆◆

ただ、Nが就職すると顔を合わせる機会はがくんと減った。私自身も転職して忙しかったのもある。新しい仕事はやりがいもあるし、新天地ではN以外に青臭い話をする飲み仲間もできた。たまに「N、何してるかな〜」と思いSNSで検索することはあったものの、あまり更新頻度の高くない彼のフィードは生存報告程度の情報量しかなかった。Nから私に連絡がくることもない。私の生活からNの濃度が薄まっていたのだろう。

そうやって適当に年月を重ねていると、ずいぶん昔にNから借りた本が部屋の隅から出てきた。罪悪感が湧き、久しぶりにNに連絡する。「すごく前に借りていた本を返したいんだけど、会えたりする？」思ったよりも早く返事がくる。「いつがいい？」

指定されたのはNの家からすぐ近くにある餃子屋だった。数年ぶりに顔を合わせた彼は、しっかり社会人になっているようで、伸び放題だった髪はきれいに整えられていた。「スーツ着てないの？」と聞くと「着替えてきた」らしい。

テーブルを挟んで席につくと、昔みたいに「吸ってもいい？」と一声かけて、Nがアメスピを吸い始める。その後、ハイボールを飲みながら近況報告とか、最近見たアニメとか他愛もない話をしていると、Nがタバコをくゆらせながらこう言った。

「きみがいつまでも若くて安心した」

「どういうこと？」と私は半笑いしながら問う。ほめられたときに、口が引きつる癖はいつからできたんだろうか。私の癖をよく知っている彼は、そのまま答える。

「きみはスピカみたいだったんだよ、あの頃」

スピカとは森博嗣の『喜嶋先生の静かな世界』に出てくるキャラクターで、研究者である主人公・橋場の元同級生であり恋人だ。修士課程に進まず東京で働くようになったスピカは、久しぶりに橋場のもとへ訪れたとき「社会」への違和感を吐露する。

「あの人とあの人はどうして仲が悪いの、どうしてあんなに仲が良いの、あの態度はどういうつもりなの、何を考えているの、なにか隠し事をしているんじゃないの、そんなことばっかり一所懸命考えて、一所懸命話し合っているんだよ。おかしいでしょう？　絶対おかしいよね」

すがるような彼女に、橋場は、人間関係ばかりに執着する存在を「野次馬みたいな人」と定義する。知りたがっているだけで何もできない人、という意味らしい。その上で彼は「好奇心を活かせるかどうかっていうことが大事だと僕は考えている。自分の好奇心を、人間とか社会の役に立つことに使いたいだけだよ。せっかく生きているんだからね」と言ってみせる。

この返答を聞くと、スピカは「良かったぁ」とつぶやいて、すっと眠りにつく。周りの人間関係こそが最重要事項であるかのような圧力が彼女を不安にさせたのだろう。こんなにめんどくさい問いかけが許されるだなんて、スピカが羨ましい。私はこのシーンがとても好きだったことを思い出した。

カラン。

氷が鳴った。一呼吸おいてNは言う。

「あの頃のきみは何かと戦っていて、いつも疲れていたし、不安そうだった。僕も今ではその不安がわかるようになった。もしかしたらもう飲まれているのかもしれない」

Nの言葉を聞いて、ある学芸員が「学生のうちは美術館に来てくれていても、みんな〝卒業〟していっちゃうんだ」と言っていたのを思い出した。社会人生活が板についた今、よくわかる。

同級生のSNSに並ぶのは、毎日の生活。久しぶりに会って話すのは、会社の愚痴、美容の話、結婚の話。すべてが目に見える範囲のものだ。悪いことではないけれど、私が熱くなって本や音楽の話をすると「全然追えなくなっちゃった」「元気あるね」と言われたりする。その瞬間、ほんの少し寂しくなる。

橋場の言葉を借りると、それは「生活」の中に入ることなのかもしれない。

結婚して家庭というものに囲まれると、そこには守らねばならない「生活」があり、それを保つために仕事をこなすようになるらしい。橋場は「この仕組みの中にいる人を大人と呼ぶ」と定義づけ「もうあの頃には戻れない」とも回顧する。

「きみは、前と比べると安定していそうだけど、まだ何かに抗っているように見える。きみと話していると23歳のときの気持ちに戻れる気がするんだ。なんだか懐かしい」

ハイボールが注がれたジョッキの中で、小さな泡が湧いては消えていく。退屈だったわけじゃない。でも、なんとなくもうNとは会うことがないような気がした。

それから風の噂でNが結婚したことを知った。

なんだよ、教えてくれてもよかったじゃないか。

◆◆◆◆◆

ハイボールはすっかり私の生活に馴染んだ。私はいい年をして、まだ安い居酒屋で酒を飲むのも好きだし、一人でバーに行くことも増えた。アルコールを体に入れると、喉がカッと熱くなり、青い感情に浸れる。

ときに思い悩み、ときに安堵を覚え、感情の彩度が高まる時期のことを青春と呼ぶのなら、私はアルコールを飲むことでそれを手に入れた。思えば、青春なんて嘘ばかりだ。好きでもないものを好きだと言い、面白いヤツだと思われたくて着飾って、そのくせ本当はもっと一緒にいたいのに言葉を飲み込んだりする。異性の関係よりも尊いものがあるなんて思ったりして。

「恋人未満」が決まった夜

フジロックの最終日、深夜0時をすぎると夜風が心地いい。プラスチックカップに入ったビールの泡はもう消えていた。現地で合流した男友達Kと芝生の上に腰をおろして、遠くのステージを見ているときだった。


「俺さぁ……」

「ん？」

「……Mに告白された……ぽいんだよねぇ」

「は？」


唐突な〝告白の告白〟に眉間に力が入る。女友達Mはフジロックに来ておらず、実家に帰省しているはずだ。「どうやって告白を？」と思っているうちに、Kは「こういうのが、きた」と私に自分のスマホを差し出した。

画面に映ったのは、見慣れたMのアイコン。そして吹き出しの中には、私が知らない彼女がいた。

M「Kは、今好きな人とかいるんですか」
K「え、いないよ。何突然」
M「ずっと前から気になってて」
K「何が」
M「Kのことが」

シャボン玉のような儚い好意がきらめいている。Mと私は、いつも弾丸のような会話をしては爆笑する間柄だったので、彼女がこんなに愛らしいコミュニケーションをとっていることに面食らった。Kのスマホの画面を見たのはほんの数秒だけだったものの、私はそのわずかな時間に3回ほどＬＩＮＥを読んだ。何をどう見ても「告白」だ。

「これ、いつ送られてきたの？」

ふと浮かんだ疑問をつぶやくと、Kは「先週くらいかな……？」とバカげた回答をした。

「は？　早く返事しなよ」

自分の口から出てくる言葉は、びっくりするほどかわいくない。Kの腰あたりに視線をやりながら静かにスマホを返した。なぜか彼の顔は見られない。

私は額に手を当てながら、KとMと自分の三人で過ごした時間をかき集めた。Kは社会人になってから出会った「お兄さん」的な存在で、映画やライブによく一緒に行く仲だった。あまりに馬が合うので、大学の同級生Mとも気が合うはずだと感じ、高円寺の居酒屋で飲んだのが一番最初だったような気がする。要するに私がMとKを引き合わせた。三人で過ごすときには恋愛感情が芽生えるような甘酸っぱい機会などなかったので、なぜこのような事態になっているのか全く理解できなかった。私の知らないところで二人は逢瀬を重ねていたのだろうか。

「なんて返せばいいと思う？」

頭を抱えている私をよそにKが聞いてくる。なんで私に聞くんだ。自分の頭で考えてよ。苛立ちを喉元で必死に抑えながらなんとか返す。

「嬉しいか、嬉しくないか。その上で今後どうしたいか。この2点を述べればいいんじゃないですか」

うわ、またかわいくない回答をしている。自分の言葉の刺々しさにうんざりした。私は今どんな顔をしているのだろう？ 見られたくなかった。

しばらくの沈黙の後、私は「次、電気（グルーヴ）だからレッドマーキーに入ろうよ」と言って、室内会場に向かう。耳を裂くような重低音に夜通し身を任せた。

「もっと前に行く？ こっちのほうがステージ見えるよ」

なんの気なしに、Kの手を引く。そうやって今聞いた話のすべてを「保留」にした。考えたくなかったのだ。

◆◆◆◆◆

次の日の夜、暗闇の道路を車で走りながら、ずっと悶々としていた。

なんで私のペースを崩されなきゃいけないのだろう？

Kは中性的な顔立ちをしているからか、「モテそうですね」と言われることが多く、そのたびに「モテそうですねっていうのは、全然褒め言葉じゃない」と反論していた。もっと素直に褒め言葉を受け取ればいいのに、Kはコミュニケーションの正解を外してしまう人だった。そういうKの不器用さを、私もMも面白がっていたし、だからこそ三人で仲良くなれた。

私とKは似ていた。見ている方向も、好きなものも似通っている。一緒にいて全くストレスがない人は珍しいので、この先に恋愛という落とし所があってもいい。のんびりした私は、そう思っていた。

一方で、Mと私はともに恋愛っ気のない学生生活を送っていたため、よく二人で「彼氏ができると、つまらなくなる女子っているよね！」と悪口を言い合っていた。「恋より楽しいことがある」私たちはこのキャッチコピーを共有できるソウルメイトで、お互い夢に向かって切磋琢磨していく未来があるはずだと思っていた。

でも、Mは私にKへの想いを話すことなく、告白という行動に踏み切っていた。この事実をどう受け止めていいのかわからない。青天の霹靂のような出来事に、甘い考えはパリンと割れた。

もう私のことは気にせずに、二人で懇ろな間柄になってほしい。自分の好きな人同士が付き合うなんて最高ではないか。結婚式には呼んでくれよな。ヘッドライトが灯す数メートル先の砂利道を眺めながら、私は平常心を取り戻そうとしていた。

でも、どうしてだろう。ムカつく。

東京に着いた頃、Kに解決策をLINEした。

①これは告白なのか、好意があるのかを確認する
Mからのあなたへの告白の内容は曖昧だったから
②そうじゃなかったら、適当にやり過ごす
③告白だったら、ちゃんと考える。好きだったら付き合えばいいし、そうじゃないなら断る

これでいいんじゃないですか

投げやりな提案をしたが、箇条書きにすることは最初から決めていた。とにかく冷静に物事を解決しようとしている印象を与えたかったのだ。

私は介入したくない。責任もとりたくなかった。それが自分の望む未来に繋がらなくてもいい。

告白の相談をしてくるKにも、三人の関係を崩すMにも、苛立っていた。何より、友達二人に優しくできない自分のさもしさに発狂しそうだった。一番卑怯だ。

私はMの告白を〝知らない〟ことになっている。その後二人がどうなったのかも聞いていないが、Kのプロフィールステータスは「彼女なし」のままだった。私は告白事件を〝知らない〟ので、その後一度だけ「Kと高円寺のデニーズにいるんだけど、来ない？」とMを誘ったことがあった。でも、彼女は姿を現さなかった。

◆◆◆◆◆

それから1年ほど経ったある日。Kの家の近所で飲んだ帰り、駅へ向かって歩いている最中に腕を摑まれた。私の前に車が通って危なかったからとか、人にぶつかりそうになっていたから止める、とかそういう力ではない。3秒後に腰に手を回したり指先に触れたりするような、続きを予感させる引力だった。

彼がどんな気持ちで、私の腕を摑んだのかはわからない。たまたま人肌恋しくなったのか、ただ酔った勢いだったのか。その力に引っ張られていくと、Kの家に辿り着くような気がした。それは「落とし所」なのかもしれない。心が揺れた。

どうして〝今〟こんなことをするんだ。

この言葉がパッと頭に浮かんだ自分に驚く。かつてのような期待感が湧くことはなく、怒りと悲しみが湧いてきた。

今ではなく、あのフジロックの夜、そうしてほしかった。「告白された」なんて言ってほしくなかった。もっとシンプルに本音を言ってほしかった。それは私自身にも言えることで、あの夜、すべてを保留にするのではなく、いじわるな選択肢を摑みとるべきだったのだろう。

空中分解してしまった三人の関係。Mとぎこちなくなってしまったやるせなさ。Kとダラダラと友情ごっこを続けている滑稽さ。今、Kに摑まれている腕は「いじわる」ではなく「最低」な選択をしている。もう、そういうのはやめたくなった。

このまま何も言わなければ、「落とし所」に引っ張られてしまう。だから私は、Kが言葉を発するよりも前に言わなくてはいけなかった。

「どうしたの？　帰りたいんだけど」

そう言って手を振りほどいた。

遠藤周作は『あまのじゃく人間へ』で「自分が好きだということを、明日言おう、明日言おうと思っているうちに、女の子をとり逃してしまうことを『間抜け』と言う」と書いている。

私もKも間抜けだ。心地よい関係に甘んじて決断を先延ばしにしていた。傷つくのが怖くて自分の気持ちを素直にぶつけられない。そうやって漫然と過ごしているだけでは、何も手に入れられない。

「間」を違えてしまうと、朧げに見えていた未来なんて消えてしまうのだ。きっと、Mだけがそのことを知っていた。

Kはしばらくして東京を離れた。

アラサー、恋人ができない、わからない

最後に渋谷に行ったのいつだっけな……。

髪は3か月切ってない。ヒゲをそったのは一昨日か……大丈夫、まだ〝見るに耐えうる外見〟だと思う。職場の女子たちからは普通に話しかけてもらえるし、先週は大学の同期とZoom飲みをした。いや……正直、そのときに気づいてしまった。

もしかして、自分は一生〝ひとり〟なんじゃないかって。

会社の会議をしてるとき、誰かのマイクから子どもの声がする。たまに、3歳くらいの女の子が画面に乱入しては、上司が苦い顔をして「退出」する。友達とZoom飲みをしているときは、彼女らしき女の子がチラッと映った。バーチャル背景を使っていても、誰かが通ったり何かが動いたりすると、一瞬「生活」が垣間見えたりするのだ。

Instagramだってそうだ。友達が何気なくあげる食事の写真を眺めていると、いろんな

ことがわかる。居酒屋の刺し盛りはたいてい二切れずつ並んでいるし、もつ煮とハイボールがメインに映りながらも、奥にはグラスがもうひとつ見える。自炊の写真には、箸が二膳映っていて、彩りが豊かだ。二人暮らしをすると「副菜」という概念が登場するんだと最近知った。こんな風に匂わせ投稿を感じとる嗅覚だけが鋭くなっていく。

一方、自分は、ほぼ毎日コンビニ食だ。別にひがんでるわけじゃない。好きなものが自由に食べられてストレスフリーではある。

なんでこうなったんだろう？　なぜか、彼女ができない。

そりゃ、年収2000万とか、芸能人並に顔面偏差値が高いとかではないけど、外見も悪いほうではないと思うし、仕事もそこそこできる。

久しぶりに地元に帰ったら「おっさん化」した同級生がいたのを見て、もう自分は「努力しなくてはいけない年齢」なのだと悟った。ジョギングを始めて3キロ落としたし、小腹満たしのファミチキは最近控えてる。

部屋は女の子を呼べる程度に片付いているし、料理の腕もまあまあ、ある。定期的に飲む女友達もいるから、女心がわからないほうではない。メンヘラめいた言動を受け止められる包容力はあると思う。だからなのか、周りからは「なんで彼女ができないんだろうね

〜」と言われる。いや、こっちが知りたいわ。

20代前半は、それなりに彼女がいた。出会いが多いわけじゃないけど、飲み会やらマッチングアプリやらで知り合った女の子と連絡を取り合ううちに自然と恋人関係になる……みたいな感じだったと思う。多分。

誘う口実になる「予約のとりづらい店」も知ってるし、サク飲みできるこじゃれた大衆居酒屋だってすぐに思い浮かべられる。じっくり話せる〝行きつけ〟のバーだって何軒かある。デートプランだけじゃないけど、20代のうちに経験を積んで、手元のカードが増えてきたはずだ。貯金だって若いときよりはある。

でも、30歳を迎えて、恋愛のボードゲームにうまく乗れているのか自信がない。

「人としては好きなんだけど……」

最近めちゃくちゃ言われるようになった言葉だ。「けど」の後に続くのは、「恋人としては見られない」昔みたいに関係を近づけるステップを踏んでいっても、最後の一歩で「けど」と言われてしまう。

なんなんだよ。「人として好き」って。何が悪いのか教えてくれ。色気？　金？　顔？

……やっぱいいや、教えてくれなくて。

ご祝儀、いくら払ってきたっけ？　累計すると結構な額になるぞ……？　気がつけばInstagramのストーリーには、子育ての動画があがるようになった。大学の同期も、新卒の会社で一緒だったあいつも、結婚して子どもを授かっている。

正直、元恋人の【結婚しました】投稿を見たときは、精神的にキツかった。うわーこの笑顔な……旦那、金持ちそうだな……、すげー幸せそうだな……。

ちょっと前までは、「仕事ができてれば何歳でも結婚できる」と思ってた。今だから白状するけど、セックスした後にダルくなって関係を切っちゃった女の子はいたし、献身的過ぎる彼女が妙に鬱陶しくて邪険に扱ったこともあった。

若かりし自分を殴ってやりたいよ、本当に。

別に焦ってるわけではない。一人暮らしは誰にも束縛されないし、気楽だ。深夜のラーメンも、ゲーム三昧な休日も、たまに深酒する夜も捨てがたい。

でも、それは会社とか飲み会とか、誰かと会う時間があるから、一人の時間が最高に楽しく感じられただけなのかもしれない。

次、付き合う子は結婚とかを考える。多分。

付き合って1年、同棲で1年？　そうしたら32歳になる。同期は家とか買うんだろうな。人生が遅れている気さえしてしまう。結婚を考えられる女の子って、どこで出会えるんだろう？　そもそも、いい雰囲気になったと思っても、〝いいヤツ止まり〟の自分にそんな大きな一歩は踏み出せるんだろうか。彼女いない歴、3年になる。


「なんか、安心できる人と刺激的な人だったら、後者をとっちゃうんだよなぁ」

女友達のJが言ってた。刺激的な人っていうのは、危ない男ってやつだろうか。

「そんなんだから、お前はまだ結婚できてないんだよ」とつっこんでやろうと一瞬思ったけど、Jは最近できた彼氏と同棲中だ。自分と同じ立ち位置にいると思っていたら、知らない間に全然違う場所に行ってしまった。

なぜかJの言葉が頭に残っていて、あれはどういうことなのか聞きたくなった。癪に障るけど、ヒントがあるような気がする。

触れたくねえ、でもなんか変えなきゃいけない気もしている。

30代、めんどくせえ。

「20代と30代って、仕事も恋愛も全然違うんだよ」

「ちゃんと仕事もして、外見だって悪くないし、性格もいいのにね。モテそうなのに」

あー、出た出た。「モテそう」フォロー。

相手には悪気がなくて、こうやって斜に構えてしまうところが自分はモテない側なんだって痛感する。「モテそう」って言われる人は、モテない。モテてる人は全然違う言葉を言われるからだ。

例えば「今度は二人で会いたい」とか「好きになっちゃいそう」とか。モテる人は「モテそう」なんて思われる前に、もう惚れられている。


30代になって、周りが結婚とか出産とか、家を買うフェーズにいっているのに、自分はまだ恋人すらいない。正直、こいつよりは自分はモテるだろうと思っていたヤツが、「結婚しました」とFacebookで報告していて腰を抜かすかと思った。

そうやって他人と比べるところがダメなんだっていうのはわかる。でも、誰だってみんな他人と比べてひがんだり、優越感に浸ったりしてんじゃん。

学生時代からつるんでいる女友達が「安心できる人と刺激的な人だったら、後者をとっちゃう」と言っていたのが頭にひっかかっていた。久しぶりに飲みに行って近況報告がてら、あの言葉の意味を聞いてみようと思った。

結論から言うと、口論になった。

◆◆◆◆◆

久しぶりに会うJは、彼氏と同棲する前と全く変わってなかった。10分遅れで待ち合わせの居酒屋に着くなり、「ごめんごめん」と言いながら向かいの席に座る。

布団みたいなダウンを脱いだJは、相変わらずゆるっとしたスウェットを着ていた。似合っているけど、あきらかにデート服ではない。だからこうやって長く友人関係が続いているのだが。

「すみませーん、メガレモンサワーくださーい」と軽く挙げた手の先には、男ウケしなそうな派手なデザインが施されて爪が光っている。ちょっと前まで、アラサーにもなって、恋人がなかなかできないという同じ悩みを抱えていた友人の「変わらなさ」にホッとした。

本当は真っ先に「俺はどうしてモテないいんだ」とか「この前言ってたあの言葉の意味はなんなのだ」と聞きたいところだけれど、グッと飲み込んだ。軽く乾杯した後、ほぼ台本通りの「最近どうなの？」という、つまらない質問をした。

Jは「んー……」と相槌を打った後、

「私さぁ、多分結婚するっぽいんだよね！」カラッとした声で重大発表をかましてきた。

思わず、口に含んだビールを噴き出しそうになる。まじで？ いや、同棲したとは聞いてたけど、付き合ってからそんなに日にち経ってなくね？

Jの話によると、リモートワークで一緒にいる時間が長くなった結果、「この人と四六時中一緒にいてもストレスがないこと」がわかったから結婚することになったらしい。

割と淡白な理由だったので、少し驚いた。嫌味を言うつもりはないけれど、ナチュラルに「ストレスないから結婚って」とツッコミを入れてしまった。

Jは「えっ、変かなぁ」と言いながら、一口餃子をつまんでいる。

「30にもなると、趣味とか価値観とか生活スタイルが全部一緒な〝運命の人〟っていないって気がついてさぁ。折り合いをつけるのが前提になってくるときに、それがストレスなくできる人って、すごい相性いいってことなんだろうなって思ったんだよね」

滔々と話すJは妙に悟っているように見えて、選ばれた人間の余裕を感じさせる。「まぁ、私のことはいいからさ、最近どうなの？」と言われたので、俺は近況を話した。

●職場で自分が適切に評価されてない気がするので辞めたい
●転職するなら年収アップしたい
●出会いが減った（気がする）
●Uber Eatsを使いすぎて出費が嵩む
●元カノから連絡がきたが何も起きなかった
●寂しい

我ながら、どうしようもねえなと情けなくなる。まぁでも「寂しい」という感情を吐露できるぐらいには大人になったとも思う。

「私、最近採用もやってるんだけど」と、Jが口を開いたので驚いた。3年前にスタートアップに転職してからバリバリ働いているのは知ってたけど、まさか採用にまで手を広げてるとは思っていなかった。

Jの会社に誘ってもらえる可能性もあるかもしれないと、邪な考えが湧いたときだった。

「採用視点で言うと、きみは……うちでは雇えないかな」

ええええええええ。そんなばっさり言う？　てか俺の仕事姿見たことなくね？

豆鉄砲を喰らったハトみたいな表情をしていると、Jは空になったジョッキを置いて、もう一杯メガレモンサワーを頼んでいた。

「最近思うんだけど、30代の転職と20代の転職って見るところが全然違うんだよね。20代の転職って割と投資感があって、やる気とかがあれば雇える。給料もそんなに高くなくていいし。でも30代ってなるとさ、何ができるのか明確にわからないと、とりにくいんだよね。マネージャー経験とかあるっけ？」

「……ない」

「だよね。マネージャー経験なくても、スペシャリスト的な実績とかは？」

「……ないです」

今まで転職した回数は2回、1回目は新卒で入ったPR会社の上司たちのパワハラ気質が合わなくて辞めた。

2社目に入ったのは、IT系。エンジニアではないので、普通にバックオフィス業務についた。だいぶホワイトに働いていたけど、このままぬくぬくやっていていいのかと思って辞めた。これが27歳のとき。

今は自分の経験も生きるかな～と思って、ネット広告会社に入ったものの、周りがグイグイ系で居心地が悪い。政治力というか、発言力のあるヤツが重宝されているのを見ると、地道に仕事やってる系の自分としては腑に落ちない。

まぁ、評価が正当じゃねえなって思ってる。

「なんか、30代の転職って『それまで自分が何をやってきたのか』がすごく問われる気がするんだよね。きみとは付き合いが長いから、ある程度仕事のこととか知ってると思うんだけど、割といつも会社が不満だから辞めるって感じで転職してきたじゃん？」

「……」

「しかも30代だと、ある程度の額を給料で支払わなくちゃいけないからさ。専門性かマネジメント経験は欲しいところ」

「……」

正論を正面から受けて、何も言えない。俺たちが新卒ぐらいのときから「終身雇用から流動的なキャリアへ」みたいな流れがあったじゃんか……。毎回毎回、頭捻って対策して転職してきたけど、無意味だったってことなのかよ……。

別に軽い気持ちで転職してきたわけではない。全部、ここで活躍すると本気で思ってた。足掻いて足掻いて今があるのに、なんでそんなこと言うんだよ。

黙っていると、レモンサワーを一口飲んだJが聞いてくる。

「きみのやりたいことって何？」

え……。

まるで面接官みたいな質問にたじろぐ。右手で握りしめた空のジョッキの中で、氷が溶けてコトっと音がした。

「なんか偉そうに、申し訳ないんだけど……やりたいことがあって、それを実現するために仕事ってあると思うんだよね。きみが転職するときって、いつも年収とか華やかさとか、見栄えで選んでる気がする。だから、改めて聞いちゃった」

なんだよそれ。腹の底から怒りが湧いてくるけど、答えられない焦りのほうが勝った。

いつも転職の面接ではちゃんと志望動機は「つくって」きた。

でもそれは、あくまで面接を突破するための戦術的なものであって、仕事抜きに「やりたいこと」を聞かれると、さっぱり思い浮かばない。

「まぁ、いきなりこんなこと聞かれてもびっくりしちゃうよね。でもそれってさ、恋愛とかも同じなんじゃないかな〜って最近思うんだ」

恋愛も同じ？　仕事がデキるヤツはモテる説の話をするのか？　それとも俺が本当に聞きたかった「いいヤツ止まり」の問題の解決策を教えてくれるのか……？

興味のあるトピックに、怒りは秒で消えた。

「どういうこと？」

「女の子と二人でごはん食べに行ったりするけど、コンバージョンが下がってるって言ってなかった？」

「コンバージョンって……」

かつて自分が確かに使っていた言葉だが、だいぶ直接的な表現に嫌気が差した。

ブーメランを食らったような気持ちになっていると、Jは滔々と「20代でうまくいったやり方って30代だと通用しないな〜って思うんだ、私」と言う。

「あー……わかるわぁ。なんでだろ」

「やっぱ若さってボーナスタイムだと思うんだよね。何もしなくても人が寄ってくる。でも30すぎると、そうはいかない」

「きつ……」

「今、女は年齢大事だからって思ったでしょ？　男もだからね！」

半分笑いながら話すJは、俺のことを指差している。まぁ、そうだ。金持ちって若い嫁と結婚してるし、相手の若さはステータスだと思っていた。女は出産もあるし、年齢がネックになるのは当たり前だと思っていたけれど、男も年齢を〝見られてる〟なんて思ったことがなかった。

「男は何歳になっても結婚できるっていうのは、ちょっと違うんじゃないかなって思うんだよね。ある程度年齢いって結婚してないと、この人大丈夫かなって思う。まぁ結婚がゴールじゃないけどさ～」

勿体ぶってるのか、Jは顔より1・5倍ぐらい大きなジョッキに入ったメガレモンサワーを飲み干した。

「きみは、〝あわよくば精神〟が強すぎる」

あわよくば精神。聞き慣れないものの、胸に突き刺さるワードだった。そういえば、Jはこういう自己流の造語をつくるのが得意だった。

「あわよくば、かわいい女の子と付き合いたい。あわよくば、今夜この子を持ち帰りたい。あわよくば、あの子と付き合いたい。あわよくば、給料の高い会社で働きたい。全部、〝これじゃなきゃダメ〟っていうきみの意志がないじゃん」

Jはそう言いながら、呼び出しボタンを押す。まるで待ち構えていたかのように店員がやって来て、またメガレモンサワーを注文していた。人にどぎつい言葉を放っておいて、次から次へと酒をかっこむ。

「なんだかんだ、きみは誰でもいいんだよ。その上で人のこと査定してるんだよ。まじで、いい加減に目を覚ましなよ。もうそういう年齢じゃないんだよ？　ボーナスタイムは終わったの。いつまで空から美少女が降ってくるって思ってるんだよ。30にもなって自分探ししてるヤツに、惚れるわけないじゃん」

Jの泥酔具合は慣れているものの、酔拳のパンチはあまりにキツい。ムカつくけど吐血しそうだ。

「……じゃあ、お前はどうなんだよ」

ボコボコにされたままだと、腹の虫がおさまらない。なるべく落ち着いて、反撃に出る。

結婚するヤツはそんなに偉いのかよ。

「モテそう」止まりの自分。決定的に足りない何か

生活に空白があるのが怖い。だから、いつも予定をいっぱい入れて空白を埋めてきた。飲みに誘われると安心してしまうのは、カレンダーがひとつ埋まるからだろう。

でも、リモートワークが始まってから家を出る機会は激減した。下手をしたら、一言も発していない日もある。

新型コロナウイルスは思った以上に生活を大きく変えてしまった。最初はニュースを見てもピンとこなかったけど、有名人の訃報を聞いたときは、さすがに怖くなった。

とはいえ、人類ってこれまでも疫病を克服してきたから、数か月も経てば特効薬がつくられて、「あのとき、ヤバかったよね」って言いながら、また居酒屋でビール片手に笑う日々が戻ってくるんだと思ってた。

それから1年、人類はこのウイルスを克服したわけでもないのに、日常が戻り始めている。

幸い、自分は生きているし、親は2回目のワクチンを打ったらしい。Instagramを見ると、普通に遊んでるヤツもいるし、自分だって友達と飯を食いに行く日もある。毎日じゃないけど、出社もできるようになったしね。日常が戻りつつあるのはいいことなんだけど、なんだろう。この感じ。

ウイルスとは別に、じわじわと何かに侵されていく……いや、メッキが剝がれていく感じがするんだ。これまでごまかしてきた何かの。

◆◆◆◆◆

「内見行ってきたけど、やっぱ結婚するなら2LDKは必要だよね？」

この前、飯を食いに行った女友達・Jのツイートに「お、おう……」とたじろいだ。確かに「私、結婚するかも」みたいなことを口走っていたけど、本気にしていない自分がいた。Jの恋人は「コロナ禍で無性に結婚したいと思って始めたマッチングアプリで出会った」という、脆そうな関係性だったから。

「本当に結婚すんの？」思わずLINEを送っていた。

すぐに既読マークがつき「そうそう、この前親に挨拶してきた！」と、まるで「今日、ガリガリ君食べたんだよね！」みたいなノリの返信が来る。

カラッとした返答はますます自分を困惑させた。自分と彼女は出会ってから少なく見積もって10年はある。なんだかんだLINEなりXなり、2日に1回ぐらいの頻度で連絡をとってきたし、何度一緒に飯を食ったのかわからない。

Jは普段こそ明るく振る舞っているが、浮き沈みの激しい性格で、自分は落ち込みがちな彼女の素顔を知っていると思っていた。

Jの悩みを聞きながら夜を明かしたこともあったし、サシで飲みに行くこともあったから。

この10年の積み重ねは、たった数か月で追い越されてしまうものなのか？　てか、それっぽい男がいるの、もっと前に言ってくれてもよかったんじゃない？

顎を右手で覆うと、2日放置したヒゲが柔らかい指先に刺さる。そのまま、中古のアーロンチェアに体重を預け、体をのけぞりながら自分の部屋を逆さまに見渡した。

ダクトレールに吊り下げられたスポットライトが煌々と照らす広めの1K。学生の頃とは違い、整理整頓もうまくなった部屋はきれいなほうだと思う。カリモクのソファを買ったときは、いつ誰が来ても胸を張れるような気になったものだ。

社会に出てから年数を重ねて手にした、ゆとりある暮らしは気に入っている。ちょっとこだわったコーヒー豆だって常備しているし、最寄りのローソンはクラフトビールまで揃えていて、家飲みだって楽しめる。

でも、結局コロナ禍もあって、この家に誰かを呼んだことはない。もうすぐ2年、契約更新の時期が迫る。東京を脱出した友達は、郊外のリノベ物件で広々した暮らしを始めていた。

体を起こし、無料会員のまま放置していたマッチングアプリを開いた。課金するかぁ……と考える。

1か月の利用料金は4000円弱。ネット上の無料コンテンツに慣れきってしまった金銭感覚からすると気が引けたが、安居酒屋での飲み会1回分と考えれば十分にペイできる。

半ば勢いで課金ボタンを押す。こういうのは、ノリが大事だ。そうでもしないと、ダラダラと溶けていく毎日が終わらない気がした。

◆◆◆◆◆

マッチングアプリは、単に年収の高いイケメンだけがいい思いをするサービスではない。そこにはメソッドがある。

プロフィールは個人情報を羅列すればいいわけではなく、多くのいいねを稼げるような模範解答がある。

自撮りよりも他撮りとか、入るコミュニティーは「映画が好き」とか「キャンプ大好き」みたいな感じで、会話が成り立ちそうなものに入るべき、とか。

そうでもしないと、掃いて捨てるほどいるユーザーの中で選んでもらえない。

すぐに女の子に会えるわけでもなく、少しでもキモいと思われたらすぐにマッチを解除される。一見、厳しい世界だけど、馴れ馴れしすぎず「休日何してるんですか」みたいな話から切り込めば、アポはとりやすい。

言うまでもなく、写真は加工しているのが前提だから、実際に会ってみると「あれ、全然違くね？」みたいな差異が生じたりもする。

待ち合わせ場所にやって来た女の子は、一瞬で「当たりだ」と思った。

プロフィールに書いてあった通り、身長は155センチぐらいで、aikoが好きそうだ。セミロングの黒い髪の毛は枝毛なんてなかったし、ロングスカートに合わせるエアフォース1も似合う。恋人になるのか、セフレになるのか、結婚相手になるのかわからない。きっと空白を埋めてくれるだろう。そう思って歩みを進めた。

でも、現実はうまくいかない。

正直、彼女と会う前から嫌な予感がしていた。メッセージでやりとりしていても「何食べたい?」「なんでもいいな」「どんな映画が見たい?」「あなたが見たいものでいいよ」みたいな感じで、会話に歯ごたえがない。

結局、友達の間で話題になっていた映画を見て、ブルーボトルコーヒーでちょっと話して、前から行きたかった小洒落た居酒屋に行った。

こういうテンプレ的なデートで恐縮だけれど、それなりに場数を踏んできた過去の自分を褒めてやりたい。

でも、彼女との時間はなんだか居心地が悪くて、終始気を遣った。帰り途中に「今日はありがとうございましたー! またご飯行きましょー」とLINEを送ってみたものの、このままフェードアウトされるだろう。

　こういうのが嫌なんだよ。

「なんでもいい」と言うくせに、実は答えがあって、そのストライクゾーンに入ってないとあからさまに態度に出る。あ、ブルーボトルに行ったときは Instagram のストーリーにあげてたみたいだった。女の子っぽいな〜と思いながら横目で見ていた。ブルーボトルは正解だったんだと思う。

　思えば、会話も微妙だった。彼女が「映画とか音楽に詳しいんですね」と言ってくるから「仕事的に知っておかないといけないから」「トレンドは一通り、おさえておきたいし」とか「学生時代、単館系の映画見るのにハマってて」みたいな返しはするものの、何も広がらない。

「逆に、映画好きなんですか?」「好きな音楽は?」「最近見た映画は?」「Netflix で何見た?」と必死に質問を重ねても、何も進展しない。

　どうリアクションするのが正解なのか考えていると、自分が一生懸命に話題を提供していることに気がついて、興ざめしてしまった。結局、彼女がどんな人なのかよくわからないまま、時間だけがすぎていった。

高い料金を払ってマッチして、デートのプランを立てて、なんで会話までお膳立てしなくちゃいけないいんだ。接客業じゃないいんだよ。

できる限りの悪態をつきながら、家に帰ってマットレスに飛び込んだ。枕に顔をうずめた後、ため息をついてから、再び画面いっぱいに並ぶ女の子の画像をスクロールしながら別のアポを考え始める。

空白を埋めたい。

独りになると、自分は誰にも必要とされていないいんじゃないかっていう不安が頭を支配して鬱まっしぐらになるから。

コロナ禍を通して激増した独りの時間は、確実に自分を蝕んでいるんだと思う。

そういうときにマッチングアプリは便利でもあった。実際に始めてわかったのは、出会いがないっていうのは、言い訳なのかもしれないってことだ。

自分の目に見えていなかっただけで、世の中にはこんなにも多くの女の子がいる。次々に提案される女の子の写真を見ては「アリかナシか」を瞬時に判断していくと「選び放題だな」という錯覚すら起こす。

とはいえ、ずっとマッチングアプリをやっていると、摩耗する。俺が他の女の子とデートをしているように、女の子たちもまた別の男と会っているのが、暗黙の了解としてあるのだから。

気晴らしにXを開いて眺める。今日も誰かが炎上して、アイドルが【ご報告】をし、大学の同期が退職報告していた。

10年前は流れの速いタイムラインに驚いたし、興奮すら覚えたのが懐かしい。あの頃は、東日本大震災直後で一気にTwitterユーザーが増えて、いよいよネットで社会が変わるとかなんとか言われていた。牧歌的だったと思う。

社会が変わった部分はあるけれど、常に揚げ足をとられてしまいそうになって、少し窮屈だ。火種がどこにあるのかよくわからないのは、多様性が重んじられるようになったからなのかもしれない。着火ポイントは人それぞれだ。

社会だけじゃない。周りが次のステップに歩みを進めているのを見かけるようになった。イベントの登壇、本の出版、結婚、出産、移住に家の購入……自分はこの10年で何が変わったんだろう。学生からうだつの上がらない中年になり始めたことぐらいしか変わらない。

どこで差がついてしまったんだろう。何を失敗してきたんだろう。

あることないことを考えていると、「毒舌ＯＬチャン」という人気アカウントのツイートが流れてきた。フォローしているわけではないけれど、ＯＬの日常を辛辣に書き綴っているのが人気で、定期的にバズっているアカウントだ。多分、友達の誰かがリツイートでもしたんだろう。

◆◆◆◆◆

毒舌ＯＬチャン　@doKuzetsu_OL_chan　2時間前
マッチングアプリで知り合った男が、自分の話しかしないヤツのときは基本的に「ウンウン」としか言わないようにしているんだけど、この前出会ったつまらない男は、こちらが話をしようとすると「女の子はこうだよね」みたいな相槌しか打ってこなくて本当にガン萎えした。

一瞬で毛穴がブワッと開き、嫌な汗が湧いてくるのがわかった。心臓を摑まれたかのようで、息がうまくできない。

もしかして、さっき会った女の子は毒舌ＯＬチャンの中の人だった……？　見てはいけないとわかっているのに、毒舌ＯＬチャンのツイートから目が離せない。

毒舌ＯＬチャン　@doKuzetsu_OL_chan　2時間前
だいたいこっちは、メイクとか洋服とか身支度で時間やコストをかけてるのに、なんでお前の話を聞かされなきゃいけないの。映画見に行ったんだけど、そのセレクトも流行をとりあえずおさえました～って感じで本気でつまらなかった。感想も浅すぎて、多分私は顔が引きつってたと思う。

毒舌ＯＬチャン　@doKuzetsu_OL_chan　2時間前
自分の話しかしないクセに、終始薄っぺらい。ああいう人、絶対結婚できないよ。

毒舌ＯＬチャン　@doKuzetsu_OL_chan　2時間前
初対面で「どんな音楽聴くの」って聞いてくるヤツってクソなんだよね～。微妙だったら「ふーん」って言うんでしょ。人の好みを査定してんじゃねぇよ。昔バンドやってたって言ってたけど、絶対モテたかったからやってるだけだよね。「モテたい」がモチベーションで許されるのって向井秀徳だけだから。

毒舌ＯＬチャン　@doKuzetsu_OL_chan　2時間前

マッチングアプリやってても、フワッとしたヤツってまじでイライラするんだよね～。ヤリモクのほうが、かえって気楽だわ。

急いで毒舌ＯＬチャンのツイートを遡る。あの子とマッチしたのは何月何日だっけ。この男が自分ではないという確証が欲しかった。でも、人気アカウントは、個人が特定できるような話なんてしない。毒舌ＯＬチャンは2日前にクロワッサン専門店に行ったと写真つきのツイートをし、3日前にはヘアケアの新商品を「＃ＰＲ」つきで紹介していた。わかっていたけど、見つからない。自分がつまらないヤツだってことを否定できる確証が。逃げるようにInstagramを開いてストーリーを眺めることにした。

ほのぼのした家族との光景をあげてる大学の同期、家に届いたばかりの観葉植物を愛でる前職の後輩。誰かの幸せな暮らしを眺める時間は微笑ましくなる一方、虚しくもなる。

こんなこと、人には言えないけど。

「ありのままの自分でいたいと思うけど、ありのままの自分がなかった」

翌日は出社日だというのに、心が落ち着くかどうかもわからないまま、寝落ちして朝を迎えた。

コロナ前には混雑していたエレベーターホールは、がらりと空いていた。

昔は、各階に停止するたび「出社時間に間に合うか」と不安になっていたけれど、その心配をすることは当分なさそうだ。人がまばらにしかいないオフィスは妙に静かで、家で仕事をするより緊張感がある。

プライベートがうまくいっていないなら、仕事で埋めればいい。その気で会社に来たんだ。無心で会議の資料をつくり終え、3階下のフロアにある喫煙所に向かった。そういえば、ここの喫煙所ももうすぐ撤去されるんだっけ。周りも、学生のときはみんな吸ってたのに、いつのまにか禁煙を成功させたヤツばかりになっていた。

かくいう自分も、電子タバコに移行したクチではあるものの、どうしてもやめられない。

死にてえな……。

今の気持ちを表すと「死にたい」に尽きる。

仕事もあるし、病におかされているわけでもなく、贅沢な希死念慮だと思う。本気で自殺したいわけじゃない。でも、仕事にやりがいも感じられないし、このままいくと天涯孤独だし、じりじり首を絞められていくような感覚だけがあって、消えたくなる。

その上、Jの結婚にマッチングアプリと毒舌OLチャンのトリプルコンボ。

「やるせない」が適切なんだろうけど、「死にたい」がしっくりきてしまう。

「暗っ」

突然声がして驚いた。おそるおそる黒目を移動させると、暗い喫煙所の端っこに、同じ部署のCさんがいた。失笑しながら「大丈夫？」と言っている。

やばい。頭の中で思っていたことを口に発していたっぽい。

前髪長めのショートヘアが彼女のすっきりとした輪郭を際立たせる。「今日、出社日だったっけ」と言われたが、思わず「Cさんってタバコ吸う人でしたっけ……」と聞き返してしまった。Cさんは「あー……」と言うと、一息吐いて話す。

「昔吸ってたんだよね。最近また吸い始めちゃった。でも、ほら、アイコス」と、免罪符のように話す。電子タバコ特有の、焼き芋が焼けるような匂いがフワッと香る。

Cさんは2歳年上の先輩で、映画のプロモーションを担当している。

彼女は、夫が待ってるとかなんとかで飲み会は1次会で帰るし、昼飯も一緒に食べるわけではないから、プライベートのことはよく知らない。前職は映像か何かの制作会社に勤めていたような気がする。

「会うの久しぶりじゃん、最近どう?」

「どうって……別に何もないっすね」

「何もなかったら『死にてえな』って言わなくない?」

細い手首に華奢なブレスレットが光るが、いつもと何かが違った。久しぶりに会ったからそう感じるだけなのかもしれない。

ほどよい距離感がある異性の先輩。この人なら、今の自分に何が足りないのか、どうすればいいのか教えてくれそうだ。我ながらゲンキンだと思うけど、心配してもらってるんだから、ちょっとぐらい相談に乗ってもらってもいいだろう。

「最近、すげー仲がよかった女友達が結婚するって言い始めたんですよ」

「へえ」

「しかも、マッチングアプリで出会ったらしくて、だから自分もやってみたんですけど、あんまりうまくいかないっていうか。多分、向いてないんですよ」

「何に？」

「マッチングアプリに。合コンよりもいいなーって思うんですけど、摩耗するっていうか」


Cさんは「うんうん」とうなずいた後、「……その子のこと好きだったの？」と聞いてきた。マッチングアプリの話ではなく、Jの話に食いつくとは思わなかった。唐突なCさんからの質問をトリガーにJとの記憶を遡る。

Jの一番近くにいると思っていたし、一緒にいて居心地がよかったし、ちょっとメンタルに波のある彼女を自分なら支えられるし……。

Jが酒を片手に話していた姿が頭に浮かんだ。

「安心できる人と刺激的な人だったら、後者をとっちゃう」

この言葉の真意を聞こうと思ったけど、聞けずじまいだった。自分に足りない何か。Jはそれを見抜いていたんだろうか。

Cさんが聞いてくる。

「失礼かもしれないけど、その子のこと……イケるかもって思ってたんじゃない？」

「イケるかもって」

突然、差し出された単語に苦笑いしていた。

「あ、ヤれるかもじゃなくてね。なんだろう……メンヘラホイホイだったでしょ」

「自分が、ですか？」

「そうそう」

「学生のときは、そうでしたね。付き合う女の子がだいたいメンヘラだった気が……最近は恋愛すらしてないですけど」

「あー……やっぱり」

Cさんは少し笑ってから、壁を見ながら続ける。

「メンヘラホイホイの人ってさ……自分が空っぽなんだよね」

え？

「自分が空っぽ」

条件反射的にそれを否定する自分がいた。だって自分はこだわりが強いほうだ。住んでいる家だって、じっくり揃えた家具だって、聴いてる音楽だって、これまで見てきた映画だって。全部、自分で選び抜いてきた。もちろん、仕事だってそうで、じゃなきゃ転職なんてせずに終身雇用に甘えてきたはずだ。

「きみのやりたいことって何？」

これもJと飲んでいるときに言われた言葉だ。あのときはふてくされて口論になった。今思えば、やりたいことが答えられない自分を見透かされていたようで、怒りで焦りをごまかしたんだと思う。Cさんとは Jと違う話をしているはずなのに、行き着く先は同じだ。

「メンヘラホイホイの人って、メンヘラの人に振り回されていることで、自分を確かめている感じがするんだよね。月って太陽がないと見えないじゃん。それと同じ」

「文学的っすね……」

ツッコミを入れると「だよねー、私もそう思った」とCさんも笑う。

「私さ、離婚したんだよね」

突然重大発表をかまされて頭が全然追いつかない。Cさんの左手に視線をやると、さっき感じた違和感の正体がわかった。指輪が消えていたのだ。

「いつしたんですか」

「んー……半年ぐらい前かな」

「コロナ離婚ってやつです？」

「あはは！　違う……違うと思う。時期はコロナ禍だけど、ずっと考えてたことだったから」

Cさんと会ってからまだ5分も経っていないのに、どぎつい会話が続いている。

喫煙室ってこんな深刻な話をする場所だっけ。いつも男子校ノリのくだらない話しかしてこなかったからリアクションに困る。

おそるおそる「なんで離婚したんですか」と切り込んだ。

「なんで結婚してるのか、わからなくなったから……？」

Cさんは、質問に回答するというよりも、自分でその答えを確かめているように語尾をクイッと上げてつぶやいた。はぐらかされたような気もするけれど、深掘りはできそうになかった。

「離婚の理由はどうでもよくて。親に怒られたし、手続きが本当にダルかったんだけど……通帳とかクレカが自分の名前に戻るたびに、安心感があってさ。ひとりになって、今、毎日が楽しいんだよね」

離婚した人から「楽しい」とか「安心」という言葉が飛び出してくるのはちょっと意外だ。確かにCさんから悲愴感は漂ってない。むしろリラックスしているように見える。

「ひとりになって久しぶりにタバコ吸ったら、まぁ美味しくて。長いこと呼吸してなかったんだ〜って思った」

「禁煙してたんです？」

「別に禁煙ってわけじゃないけど、夫はタバコ吸わない人だったから、自然と」

「きついっすね」

「自分では全然気がついてなかったんだけど、他人と暮らすってそういうことじゃん。あと、タバコが吸いにくい社会になってるし」

「なるほど」

Cさんとこんなに話すのは初めてで、うまい相槌が打てない。どうしてこんな身の上話をしてくれるのだろう。


「ひとりの時間が必要だったんだよ、私は」

「ひとり……ですか」

「きみは、ちゃんとひとりになってる？」

「ずっと独りですよ」


鼻で笑ってしまった。自分は恋人すらいないし、この1年はほとんど人に会わなくなって、孤独で仕方がなくて、精神状態がじりじり悪くなっていってるのに。ちゃんとひとりになってるか、なんて。

「喧騒の中で、独りなんじゃない？」

は？　戸惑っていると、Cさんは続ける。

「私はこれまで、ずっと自分ひとりで物事を決めて納得してきたと思ってたんだけど、そうじゃなかったなぁって」

「どういうことですか」

「なんか……20代後半で付き合ってるなら結婚したほうがいいかなとか、稼ぎがあるなら都心に住みたいよねとか、体に悪いからタバコは吸わないほうがいいよねとか、ユニクロがコラボした途端、突然マメクロゴウチを着ちゃうとか」

「最後、悪意ありすぎですよ」

思わず笑ってしまう。

「私がそうだからね、自虐」Cさんも笑う。

「自分じゃない誰かの価値観に流されてたっていうか。一人で決めてるようで、一人で決めてなかったんだよ、私」

「あー……」

相槌を打ちながら、自分の暮らしぶりと照らし合わせる。渋谷まで電車で15分で着く広めの1Kは、好きなものだけ集めてきた。多分。

「転職もしたし、結婚しても働いてるし、昭和的な世間体とは違う、新しい価値観の中で自立してるなーって思ってたんだけど、結局SNSとかで映えるような新しい正解を追ってただけだったんだと思う」

「それで離婚したんですか」

「いや……これは離婚してみて気がついたこと」

「なるほど」

「コロナ禍でさ、これまでの正解みたいなものがまた揺らいでる感じがしてね。働きながら移住する友達とかさ、事実婚する子とかさ、何その選択⁉ かっこよーって思って。そろそろまた新しい喧騒が始まりそうじゃん。ダラダラしてると、また流されていっちゃいそうで」

「あー……」

「選択肢が多すぎて、何が正解なのかわからなくなっちゃってさぁ。これまで自分が選んできたものって、なんだったんだろう」

何も言い返せない。

「ありのままの自分でいたいと思うけど、ありのままの自分がなかった」

空気を吐き出す音だけが響いた。

美人で仕事ができて、結婚までして。すべてを持っていそうな彼女は、それを手放した。結婚したらすべてが認められて、ハッピーエンド的な人生が待っていそうなのに、そうでもないのか。


「Cさん、めっちゃ悟ってますね」

自分より少し背の低いCさんを見ながら言うと、すぐに否定された。

「いや、受け売りだよ。離婚したとき、友達がYouTubeのリンク送ってくれて、聴いてみたら、今の自分にめちゃくちゃ響いちゃって」

「へぇ、どんな曲ですか」

「後でリンク送っとくよ」

「ありがとうございます」

「……きみを見ていると、私と同じで、選択の根幹に、世間の正解を求めている感じがしたんだよね。俗っぽく言うと、〝モテたい〟とか〝ウケそう〟とか。究極、それが目的になってて、だからこう……何やってもしっくりこないんじゃないかな」

自分が空っぽ。

認めたくない事実が、突きつけられる。Jが結婚すると聞いて焦ったのは、自分を必要としてくれていると思っていた存在が、どこか遠くへ行ってしまう気がしたから。マッチングアプリでうまくいかなかったのは、自分の意志すらわからないハリボテ具合を見抜かれていたからなのだろう。

安心できる人と刺激的な人。「モテそう」止まりの自分。転職しても天職にめぐり合えてないキャリア。歯ごたえのない出会い。埋めたかったのは、生活の空白ではなくて、自分だったのだ。

「ひとりになってみるといいよ。誰かの意見とか視線とか、今っぽさとか関係なく、自分は何をしたいのか考えられるから」

「デジタルデトックスですか？」

「いやいや、単純に自分が何やりたいのか考えるってこと。私なんてさ、最近ピアノ買っちゃった」

「ピアノですか」

「そうそう、昔やってたんだけど、他人と比べて才能ないなーって思ってやめちゃって。でも、ひとりになって無性にピアノ弾きたくなって」

「置く場所あるのすごいですね」

「超手狭だよ」と言い、また笑う。離婚した人とは思えない明るさだ。

つられて笑っていると、「やば、もう行かないと」と言って、Cさんは軽やかな足取りで喫煙所を去っていった。

多分、あの人はこれから一人で生きていっても、誰かと結婚しても、自分なりの幸せを摑んでいける。32歳のバツイチ独身女性が、めちゃくちゃ自由に見えた。

夕時の電車は、隣の人と肩が触れ合うくらいの混雑具合だった。

街から誰もいなくなった1年前とは全然違う風景だ。電車に揺られていると、ポケットに入れたiPhoneが震えた。Cさんからだ。

「今日はごめんねー！　つい自分語りしてしまった。さっき言ってたYouTubeこれ！響くと思うよ〜！」

メッセージの下に載せられたYouTubeのリンクを踏むと、イヤフォンから音が鳴る。

電車の車窓を眺める。

外が暗くなると、窓には都会のネオンの中に車内の様子がうっすらと浮かぶように見える。隣のつり革に身を預けている中年男性も、その隣のＯＬも、ドアにもたれかかっている高校生もみんなスマホを見ている。見つめている画面の先には、一体誰がいるのだろう。

「喧騒の中で、独りなんじゃない？」

Ｃさんの言葉が頭に浮かんだ。心地よく生きたい。ありのままでいたい。

でも結局、自分も画面の向こう側にいる誰かの視線を気にして生きてきた。いつも「正しい」側にいたかった。何をもって、正しいとか間違ってるかなんてわからないのに。

俺は自分の人生に、ちゃんと納得していなかったんだ。

最寄りの代々木八幡駅に着く。駅前のローソンに入ると、まっすぐレジに向かってハイライトを買った。10年以上前、最初は大人になりたくてタバコを吸った。ニコチンの量も重いほうがかっこいいと思ってたから、17ミリの数字に酔いしれていた。大人になった今、意味もなく猛烈にそれが吸いたい。

家に帰るなりベランダへ出て、口にタバコを咥えながら火をつける。何年ぶりだろう。紙タバコの先が赤く輝くのを見るのは。葉が燃える音がジジジ……と聞こえる。

依存症だとか、健康に悪いだとかそんなことは関係ない。今、自分がしたいのはタバコを吸うことなのだ。

初めて一人で映画館に行ったのはいつだっただろう。何を見たっけ。

街灯が道路を照らし、住宅街が広がる遥か彼方に高層ビル群が見える。都心といえども、20時以降はずいぶん静かになった。

夜風が頬に触れる。

大きく息を吐くと、煙が夜の闇に消えていった。

「私もこの人とセックスしたことあるんだけど」

あれ、今日はデートだと思ったんだけど。

池袋駅東口。待ち合わせの名所「いけふくろう」の前には、デートの相手である男Tと、もう一人女がいた。

化粧っ気のない無垢な顔をした彼女は「Tの大学の後輩」なのだという。私よりも2歳年下の〝後輩ちゃん〟は、私に向かって開口一番「お兄ちゃんの友だちですか？」と聞いてきた。

今日はアニメーション映画の『言の葉の庭』を観に行く予定だった。LINEをしていたらTが「新海誠の最新作、すごく見たいんだよね」と言うので、ものすごく自然に「いいね、一緒に見に行こう」とデートに誘った。私は新海監督の『秒速5センチメートル』の小説が好きだったので、違和感もなかったはずだ。

どういうことなのだろう。私はてっきり「彼と私の二人」で映画を見るものだと思っていたので、別の人がこの場にいること自体に驚いた。

血が繋がっていないにもかかわらず、何の恥じらいもなく先輩を「お兄ちゃん」呼びをする彼女にも一瞬で怖気づいた。

まばらなまつ毛で囲まれた彼女の眼球からは、強者たる余裕が漂っていた。後輩ちゃんは当たり前のようにTの腕に手を絡めて道を進む。池袋駅東口に鎮座する「いけふくろう」の石像は、まっすぐ前を見て動かない。自分にとっては信じがたい現実であっても、彼と彼女にとっては、石像が形を変えないぐらい当たり前のことなのだろう。

私にできるのは「何も気にしてませんけれど」と涼やかな顔を保つことぐらいだと悟った。

本当は「今夜、Tの家に行けるかも」などと期待していた自分が恥ずかしい。目尻を跳ね上げたアイラインは全く攻撃力を持たなかった。

結局何ひとつ理解ができないまま、映画館の席に三人並んで座った。私はこの場所にいていいのだろうか。帰ったほうがいいのだろうか。でも、誘ったのは自分だしな。なんだかムカつく。

悶々としながら始まった『言の葉の庭』は、職場である学校を休職している「人生の歩き方を忘れてしまった」女教師が、新宿御苑で出会った男子学生に「またたくさん歩きたくなるような靴」をつくってもらう恋愛物語で、二人の関係が進展するほど私は発狂しそうになった。女教師がどうしようもなく羨ましく見えたのだ。

物語の終盤では男子学生が女教師に「あんたは一生ずっとそうやって、大事な言葉は絶対に言わないで、自分は関係ないって顔して、ずっと一人で生きていくんだ」と言い放つ。

このセリフは、不器用な愛の告白でもあるのだが、私の肝臓あたりにメキっと食い込んだ。十代男子の濁りない眼差しがスクリーンから私に向けられる。うるせえよ、じゃあどうすればいいんだよ。歯を食いしばっているうちに、雨上がりを感じさせるような柔らかいエンディングが流れ始めた。

映画が終わると、Tが「いや、本当によかった……」と感慨深げにつぶやいたので、殴りたくなった。とはいえ、私はTの彼女でもないので、怒る権利はない。咄嗟に理性が働く。腕を組むふりをして自分の二の腕をギュッと摑み、行き場のない怒りを抑えた。

その後三人で居酒屋へ行くことになり、私はバカみたいにハイボールを飲んだ。「飲まないとやってられない」というよく聞くセリフは、こういうときに使うんだな。ライオンやヒグマの目は、攻撃力と反して結構愛らしいんだよな。ぼんやりする頭でくだらないことを考えた。何か食べる気にもなれず、空っぽの胴体にひたすらハイボールを流し込む。

「大丈夫?」と言われた気がしたが、無視することにした。

私の右肩のほうからは、相変わらず「お兄ちゃん」とTを呼ぶ声が聞こえていた。

後輩ちゃんは就活中らしく、Tは私に「社会人として相談に乗ってあげてよ」と言う。「ふざけんな!」とキレたかったが、「うん、わかった〜。なんでも聞いて〜」と雑な返事をして、彼女の悩みを聞いた。全く頭に入ってこなかったが、怒り狂わなかっただけマシだろう。

池袋駅で解散しようとしたところ、後輩ちゃんはTの腕を摑んで言う。

「お兄ちゃん、私、まだ帰りたくないよ」

この一言で、さすがに酔いがさめた。

私は何を見させられているんだろう。「まだ帰りたくない」なんて言葉、現実世界で聞いたことがない。Tも流石に困惑して「いやいやいや」と、目を潤ませる後輩ちゃんを電車に乗せた。

最後の最後まできっちり驚かせてくる彼女に私は疲れ切っていた。私とTは同じ方向の電車に乗ったものの、何も言葉が出なかった。

二人はどういう関係なの？　どうして今日、この子がいるの？　もしかして「そういう関係」なの？

本当は聞きたかった。でも、聞けなかった。好かれたかったから。

この日の出来事からは、思いのほか大きなダメージを受けた。Tと後輩ちゃんの距離感は〝一線〟を越えているように見える。腕を絡める行為は、互いの体温を許容しあっているという意味がある。私もTと寝たことがあったが、白昼堂々と密着することなどできなかった。だってTは表向きに「彼女はいない」と言っているのだから。

Tはいわゆる、クズなんだろう。少なくとも自分は人として尊重されていないことは事実だ。きっと後輩ちゃんも自分と同じような感情になっていたのかもしれない。そうでなければ、人前で「まだ帰りたくない」なんてすがりつかないはずだ。

同じ体験をした女とは、交わってはいけない。感情がかき乱されるだけだ。黒い涙が落ちる。塩っぽくなったまつ毛はひたすら重かった。

◆◆◆◆◆

それから数年が経ち、さすがにTへの気持ちは冷めきっていた。というか、忘れていた。振り返ってみても、なぜ骨を溶かすような感情を抱いていたのかさっぱり思い出せなくなっていた。顔が好きだった……ぐらいだろうか。こんな浅はかな人間だから、大事にされなかったような気がする。

私はすっかり中堅社員となり、会社のOJTに付き合うこともあった。仕事内容を実践の場で伝える社内教育をオンザジョブトレーニングと呼ぶらしい。社会人になってから覚えた横文字をこんな風に日常会話で使うようになるなんて就活してるときは考えもしなかった。「フルコミット」「グロース」「メリデメ」……道玄坂上のIT企業で働くOLっぽい語彙もだいぶ馴染んだ気もする。

私より5歳も年下のRは、Z世代ど真ん中にも関わらず、90年代カルチャーが好きらしい。きゅるんとした瞳と高い身長から華やかさを感じる外見を持っているが、入社してしばらくは息を潜めるように自席に座っていた。私と同じで新卒入社したブラック企業で心がポキっと折れ、この会社に転職してきたそうだ。

彼女のOJTを担当することになり、隣で軽い業務をこなすようになった。とはいえ、Rは社会人経験があるので、私が提供できる知見はないような気がしていた。

21時をすぎ、社員がほぼ姿を消したオフィスで仕事を続けていると、ふいに隣の席から声をかけられた。

「あの……この人って知り合いですか?」

iPhoneの画面に表示されていたのは、昔の飲み会で知り合った金髪の男だった。確か、どんぐりずが好きと熱っぽく語っていたような記憶がある。「あー……昔飲んだことがある。でも本当に〝知り合い〟って程度だよ」と言うと、Rは、私を見つめながらデスクチェアを一歩近づけた。

「私、昔この人とヤッたことがあって」

突然の告白に私は半笑いしていた。

「マッチングアプリで会ったんですけど、付き合うのは嫌だなと思ってフェードアウトしてたんですよ。でも、この前先輩が会社の写真をInstagramに投稿してたじゃないですか。そうしたら『ここにいたんだ』って連絡がきて」

私のせいで、会いたくない男に見つけられてしまったらしい。申し訳ない気持ちになる。

「そんな言葉なかなか言えないよ。Rちゃんのこと好きだったんじゃない？　その人」

「……多分みんなに言ってるんだと思うんです。たまたま変なところで見つけたから感情が高まっただけっていうか」

Rは思いのほかリアリストだ。

彼女は「もう一人、Xで〝共通のフォロー〟の人が出てきて。この人。知ってます？」と続けた。

10代の頃の広末涼子みたいな顔をして、緑と白のマーブル模様のような暖簾がかかる銭湯の前で棒立ちしている男。Tだった。

「私、Tさんとは学生のときマッチングアプリで会ったんですよね。1、2回ぐらいですけど」

Rが学生のときに会ったと言うなら、それは私がTに片想いしていたぐらいの時期だろうか。もしかして〝被って〟いる？　いやいや、付き合ってなかったでしょ……という小さな考えが右から左から湧いて出たものの「あいつ、本当に女好きだったんだ」という、カロリーのある気づきにかき消された。

「私もこの人とセックスしたことあるんだけど」

笑いながらRに白状していた。口を手で抑えているのに、笑いが溢れ出てきてしまう。Rも面食らったようで「え⁉」と声を出したが、すぐに「ウケるんですけど」と爆笑していた。

私たちはその瞬間、しっかりと握手を交わした気持ちになったのかもしれない。秘密を共有した感覚になった。Rが「笹塚の家ですか？　都内の広め1K住みって遊んでる人って感じがして嫌だった～」と文字通り腹を抱えながら笑っている。

「わかる～。朝ごはん食べるカフェが決まってるんだよね」「ありますね。あと、バゲットが焼き上がる時間を狙って行くパン屋さんとか」「女の子は喜ぶだろうな～って思ってたんでしょうね」会話のラリーが止まらない。

盛り上がっていると、ふと「先輩ってマッチングアプリ使ってます？」と聞かれた。「いや、昔登録したけど、ほぼ休眠状態」と答えると、Rが手ほどきを受けさせてくれるという。私は根暗なので自分には縁がないものだと思っていたが、Rによると「みんな人見知りですよ。でも頑張ってるんだと思います」と叱られた。

私の「インドアです、アニメをよく見ています」としか書いていないプロフィールを見て、Rが「あー、これはダメです！」と更に声を上げる。恥じらいから淡白な情報しか切り出せない私のような人間は、マッチングアプリでは瞬時にかき消されてしまうらしい。

「マッチングアプリはマーケティングと一緒なので、どんな人を狙いに行きたいか明確にしつつ、そのニーズに合わせたプロフをつくらないとダメです」

指南書のようなアドバイスを受け止めるも、自分を素敵に見せる言葉は全く思い浮かばない。「ありのままの自分を受け入れてほしい」なんて子どもじみた考えは、平成に置いてくるべきだった。

「無理だな〜」と弱音を吐いていると「自分のペースでいいと思いますよ」とRは優しく言う。どちらが先輩なのかわからない。

時計に目をやるともうすぐ24時になりそうだった。「ヤバい、終電なくなる！」と二人で急いでオフィスを出た。

道玄坂の人をかき分け、駅へ走る。息が上がる。隣のRはなんだか嬉しそうだ。私もまるで十代からの友達のように息を合わせて走るなんて思いもしなかった。

「同じ体験をした女とは、すごく仲良くなれる」世界線もあるのだ。いや、もしかすると何かが違えば〝後輩ちゃん〟とも、親しくなれたのかもしれない。

道玄坂下の信号待ちをしていると、渋谷109にはアニメーション映画の広告がでかでかと貼られていた。新海誠監督の最新作は『天気の子』というらしい。

メルカリでプレゼントを売る

サクッと気の利いたプレゼントを贈れる人は、かなりいいセンスの持ち主だと思う。私は贈り物が下手で、どんなときも頭を抱えてプレゼントを選ぶことになるし、渡した後も失敗した気持ちが芽生えてしまう。

プレゼントを選ぶときは、相手の欲しいモノ、似合うモノという基準の他に、自分と相手との関係値も考慮しなくてはいけない。高価すぎるモノを贈っても重いし、かえって相手の負担になる。こんなことをぐるぐる考えてしまうあたりが、私のダメなところなのだが、いまだに軽妙な贈り物作法は身についていない。

友達・Yの誕生日プレゼントに、ようやく選んだのが、とあるアーティストの画集だった。

Yがそのアーティストを好きなのは知っていたし、趣味が合う私たちは一緒に青山のスパイラルで開かれた作品展にも行った。正確に言うと、彼が「きっときみも好きだろうから」と誘ってくれて私も後追いで好きになった、そんな感じだったと思う。

なんだかんだ、私たちはほぼ毎日ＬＩＮＥをしていた。「あれ見た？」「これ知ってる？」「じゃあ一緒に見に行こうよ」という具合に、趣味の話をしては週末どこかにでかけた。飲み明かすこともあったし、どこに行くのも一緒だった。まるで恋人のようだけれど、決してそういう関係ではない。正直に言うと、彼には恋人がいたし、Ｙからすると私は馬の合う友人の一人なのだろう。そのことも理解しているつもりだった。

別に恋人になりたいわけじゃなくて、いろんなものを共有したかったし、同じ時間を過ごしたかった、のだと思う。

そういう関係性をふまえて選んだプレゼントを、Ｙの誕生日の翌日に渡そうと思って買った。ちょうど好きなＤＪが出るクラブのデイイベントがあったので、遊びに行く約束をしていたのだ。

画集は普通の書店では買えずに楽天市場でようやく掘り起こした。確か、値段は６０００円ほど。20代前半の安月給労働者には少し応える価格だ。でも、誕生日だし。日頃のお礼を込めないと。そんな気持ちで購入ボタンを押した。

会う当日までにちゃんと手元に送られてくるのか不安だったものの、約束の日の前日に届き安堵した。彼の本棚にこの画集は並んでいなかったし、同じものを持っていることはないだろう。喜んでもらえるといいが、大げさだと思われたら嫌だなとも思う。こういうときは、ネガティブ要素ばかりが頭に浮かぶ。


運悪く、その日は東京では珍しく雪が降り、結局手ぶらで会場に向かった。画集は大きい上に重い。突然渡されても迷惑だろうから、別日でゆっくり二人で会うときに渡してもいいいと呑気なことを考えていた。

クラブに到着すると彼の姿はなく、かわりに「寝坊して1時間ぐらい遅れて到着する」という連絡がLINEに入っていた。午後2時すぎ。道路の隅に寄せられた雪はほとんど溶け、残ったものは硬くなり始めていた。


私はこのときようやく理解した。

彼は恋人と過ごしており、私は邪魔をしている。

「当日」は一番の人と過ごすための時間なのだ。クリスマスシーズンに会ったときも、23

日だったことを唐突に思い出した。

ミラーボールがキラキラと回り、腹の奥底が震えるような重低音が鳴り響く中、壁にもたれかかってぼーっとしていた。気がつくのがあまりに遅すぎた。というか、今まで気がつかないふりをしていたのだろう。

のそのそとトイレに入ってドアを閉めた瞬間、涙がどぼどぼと溢れてきた。迷惑だったのかなぁと思うと、胸が痛くなる。

あんまり長い時間、トイレの個室にこもって泣いているわけにもいかない。彼が到着するだろうし、他の客にも迷惑だ。その後の記憶はあまり残っていないが、Yとはいつもと同じように過ごした。

結局、プレゼントは渡せなかった。

◆◆◆◆◆

年明けに予定している引っ越しのため断捨離をしている最中に、久しぶりにそれを見つけた。このまま新居に持っていくか、手放そうか。少し考えて、メルカリに出品してみることにした。買う人がいるかわからないし、とりあえず出すだけ出してみよう。

価格は2万円。

売れないだろうと思っていた。少し躊躇する価格を設定するあたりが、私の弱いところだと思う。引っ越しまでに売れなかったら「仕方がない」と、うじうじと持ち続けるつもりだったのだ。


出品してから2週間が経った頃、かつての「プレゼント」は値引き交渉もなく、あっさりと売れた。

定価よりも高く売れてしまった事実に、力が抜けた。

本当に手放していいものなのだろうか。「あったかもしれない過去」を「ただの過去」にしてしまう。自分の手で、寄りかかれる存在を亡くしてしまう気がした。購入者に迷惑をかけるが、取引をキャンセルすることだってできる。

私の卑怯な考えをつゆ知らず、購入者から「届くのが楽しみです」という無邪気なメッセージが届く。手放すことは「やることリスト」に入ってしまったのだ。


踏ん切りなんて、そう簡単につくものではない。

でも、「あったかもしれない過去」を保険にして生きていくのは、健康的ではない。きっと、本当に画集を欲している人なのだろう。こんなに高い価格でも、迷いなく購入ボタンを押せるのだから。私なんかよりもずっと所有するに値する人だ。そう言い聞かせながら、大判の本をなんとか梱包し、仕事終わりにローソンへ向かった。どうやらこの画集は大阪に向かうらしい。専用のポストに投函して、発送通知を出した。

古いMacBook Airに、読み終わった本、履かなくなったドクターマーチンのブーツ。私の「出品した商品」一覧は、過ぎ去りし日の蓄積と言ってもいい。その中にあの画集が追加されるだけだ。

あのとき、トイレで泣いたぐらいの元はとれただろう。

ちょうど切らしていたヨーグルトを買ってローソンを出た。黄昏時だった空は、すっかり暗くなっていた。

運命論があるならば

その日は廊下に漂う空気が変だった。

違和感を覚えたのは、教師たちが昼休みに校内放送で突然集められたからだろう。こんなことは滅多にないが、サイレンが鳴っているわけでも爆発音が聞こえたわけでもない。

「何かあったのかな〜」友達と顔を見合わせるも、いつもと同じように弁当をつついていた。

戻ってきた担任は、顔を不自然に強張らせてこう言った。

「3組のE君が交通事故に遭って……」

その瞬間、教室の空気にヒビが入った。

違うクラスの同級生E君。いつも少し気怠そうに佇んでいて、毎日ヘッドフォンをしながら歩いていた。昨日の夕方、廊下でサッカーボールを蹴って遊んでいた彼が、登校途中に亡くなったというのだ。

誰かが声を上げるわけでもなく、涙を流すわけでもない。きっと数分後にものすごい喪失感が湧き出ることを予感しながらも、ただただ呆然とするしかなかった。

数分後、四方八方からすすり泣く声が聞こえた。私のクラスだけでなく、いろんな教室で同じ光景が広がっていたのだろう。静かな嗚咽がドアの隙間から溢れ出て、廊下を浸した。

私はE君と同じクラスになったことがなかったので、まともに会話したことはない。中学生独特の「男女の距離感」もあり、垣根を越えていくこともなかった。だからこそ、なおさら実感が湧かない。廊下に渦巻く泣き声に溶け込めないまま漂った。

人が他界すると、その後の展開は驚くほど早い。遺された人たちの悲しみを紛らわすかのように通夜、葬儀、告別式が矢継ぎ早に催され、私も同級生の一人として参列した。

私は母や祖父、祖母や従兄弟など、中学生にしては多くの死別を経験してきたほうだと思う。人は命が尽きると蝋のように硬くなることも、荼毘《だび》に付されると小さな骨の集まりになってしまうことも、知っていた。魂の抜け殻に見える遺体と対峙するとき、どうしようもないやるせなさで自分の臓器がいっぱいになる。これまで見送ってきたのと同じようにE君の棺に花を供え、彼の顔を見た。

棺の中に眠るE君は、今まで見てきた顔とあきらかに違っていた。明日があるような顔。傷だらけでも、艶やかな頬だった。その瞬間、私の目からは制御できないほどに涙がこぼれた。

◆◆◆◆◆

どういうきっかけだったかは忘れてしまったが、その後、E君のご両親と仲良くなった。同級生たちでE君の家へ遊びに行って、ピザを食べながら彼の話を聞いたり、全く関係のない私たちの学校生活について話したり。

学校帰りには神宮外苑の近くに埋葬された彼のもとへよく足を運んだ。E君の墓標にはノートが置かれ、遊びに行った人が近況を書き込むようになった。「サッカーの試合が始まるから応援してほしい」「今どうしてる？　また会いたいよ」「数学の先生に進路の相談をした」こんな風にみんながE君に語りかける。

そのノートを見るたびに同級生が今どんなことを考えているのかを知れるとは思わなかった。学校にいるときには、こんなに素直な気持ちを表現することなんてないじゃないか。それはひとえにE君がみんなにさせたことなのだろう。彼は私にとって不思議な存在だった。E君がいると、友人の輪に入れる気がしたのだ。

他界してから、私は彼のことをたくさん知った。音楽が好きだったこと、映画が好きだったこと、学校に話が合うヤツがいなくて退屈してたこと、ちょっとモテたいと思ってたこと、両親から愛されて育ったこと。伝聞で知ったE君は少し自分に似ている気がした。

◆◆◆◆◆

それから数年が経った空気が少し霞んでいる日。大学卒業間近で、冬の終わりを感じる季節だった。私はたまたま表参道に用事があったので、いつものようにE君のもとへ向かう。年月を重ねるうちに、墓参りというよりも「ふと立ち寄る」感覚で墓地に行くようになっていた。

ノートは何冊目になったのかわからない。違う道へ進んだ同級生たちも相変わらず、E

君に相談事を綴っていた。「海外に行こうと思う」「就活が正念場」……後で誰かに見られるとわかっていながらも、彼の前では正直な気持ちが表れる。もちろん、私もその一人だ。みんなの近況をひとしきり読み、新しいページに自分の「現在」を書く。気がつくと1時間が経ち、白い日差しが橙色に変わっていた。

墓地から出ると、風が吹く。竹の葉がさわさわと音を立てた瞬間、満ち足りた気持ちになった。そして同時に、あることに気がついた。

「もしかして、私は彼とすごく仲のいい友達になれたかもしれない」

自分にこんな感情が湧くなんて思いもしなかった。でも、今ならわかる。E君と自分は学校生活に対して同じように閉塞感を覚えていたし、それを打破できない自分にもなんだかイライラしていた。10代独特の寄る辺のなさを共有できたら親友になれたかもしれない。

少なくとも私はそういう気持ちを共有できる誰かが欲しかったし、手に入れることもできなかった。同じアーティストが好きだったから、一緒にライブへ行く未来だってあったかもしれない。

私は一度でも彼に話しかけるべきだった。

でも、遅いのだ。何もかもありえない未来でしかない。こんなこと、ふと思うべきことじゃない。

外苑前の交差点は、相変わらず車の通りが多い。今湧いた感情なんてエンジン音ですぐにかき消されてしまいそうだ。何かに残しておきたくて、信号が変わるのを待っている間に右手に持ったiPhoneから、Xにつぶやいた。

「例えば、若くして亡くなった人がいて、将来その人と親友になる運命だった人はどうなるのだろう」

もしもE君が生きていたら。都合のいい運命を感じて、泣きたくなった。〝偶然〟頭に浮かんだものではないからだ。

ほどなくして、Xから返信の通知がきた。

「運命はね、決まってるものじゃなくて、切り拓くものなんだよ。だからその人も大丈夫」

送り主はE君の父親だった。

ずっと友達

「私たち、ずっと友達だよね」と口約束するのは、それが達成できないとわかっているからだと、幼い頃から思っていた。言葉にすることで安心感を得る関係性なんてあまりに弱いし、どうせクラス替えだけでも疎遠になるのだから「ずっと」なんて軽々しく口にするものじゃない。私は本当にかわいげのない思考をする子どもだった。

だから、気の合う友達ができても「いつか彼女はどこかに行ってしまうだろう」と思っていた。

何が私たちの友情を終わらせてしまうのか。私は思春期くらいから、その脅威を「彼氏」だと思っていた。

当時流行っていた『青春アミーゴ』を教室で踊ったり、ドラマ『ごくせん』では誰が一番かっこいいかを熱弁したり、毎日ギャハハと抱腹絶倒していたのに、彼氏ができた途端、上品な所作を身につけたり、服装まで変わってしまう。そういう子がクラスには何人もいた。


大学1年生のとき、私は確信した。

5月ぐらいの浮き足だった頃、入学式で仲良くなった同級生から突然電話がきた。滅多にこない音声通話に戸惑いながら「どうしたの？　大丈夫？」と電話をとると、彼女はゆっくり話し始める。

「昨日、サークルの先輩の家に泊まってね……」

電話の内容は初体験の報告だった。こういうとき、なんて言えばいいのだろう。「ひどいね！」と男側に憤るべきなのか、「大丈夫だよ」と寄り添えばいいのか、「いいなぁ」と羨ましがればいいのか。適切な答えを持ち得ない私は、一番無難で一番つまらない「そうなんだぁ」しか返せなかった。

夏頃には、高校の同級生からも同じ報告電話があった。私は初体験報告窓口としてちょうどいい存在だったのかもしれない。2件の電話相手とは、それっきり連絡はとっていない。

男女の関係がプラトニックなものからフィジカルなものへ変わっていく。この波に乗り遅れた私は完全に処女をこじらせていた。一人また一人と女になっていく友達を見送るのは焦燥感だけではなく、同志が減っていくようで悲しかった。

やさぐれているタイミングでTwitterが流行りだし、そこで出会ったのがAだった。Aとの初対面はオフ会のようなイベントだったような気がする。会議室の隅っこでiPhoneを触りながら開始時間を待つ彼女は「浅野いにおが好きなタイプだ」と一発でわかる茶髪のボブヘアだった。

自分と同い年なのに場慣れしているように見える彼女は、さながら業界人のようだ。私は目を泳がせながら落ち着きもなく彼女の隣へ行き「はじめまして！」と120％の愛想を込めて声をかけた。

「どうも」

Aは私を一瞥すると、スマホに視線を戻した。え？　会話終わり？　私、ウザかった？　完全に空振りした私は床に視線を落とすしかなかった。無愛想というか、クールというか、怖い。出会い頭の一瞬でＨＰをかなり消費してしまったらしく、その後はあまりうまく話せなかった。

そういう微妙な出会いとは裏腹に、Ａと私はＳＮＳで親交を深めていった。

「休日に気になったイベントがあっても、誘える人がいない。誘われもしない」

「ひとり行動が多いのに、本当は一人が苦手」

「昔から『仲間に入れてもらえない』コンプレックスが強すぎる」

Ａのツイートからは自分と似た匂いがする。惹きつけられるように「私もだよ」と返信していた。


Ａはクールというよりも、純粋に感情を表に出すことが苦手なのだ。「〝ポジティブ〟と〝親しみやすさ〟が売ってるなら金で買いたい」と嘆く彼女は、自分と同じように不器用で溺れ死にそうな人種なのだろう。当時の彼女は深夜アニメに夢中で、Ａのツイートから私は『PSYCHO-PASS』を見始め、カラオケに行っては『〈物語〉シリーズ』の主題歌を一緒に歌っていた。

そんなAに彼氏がいると知ったときは驚いた。とはいえ、彼氏の存在を隠しているわけでもなく、倦怠期というわけでもなさそうだった。Aがつけている『ソラニン』のペアストラップの片割れは、きっと彼氏が持っていたのだろう。

一方で、私は「友達以上、恋人未満」という言葉のように、友情よりも恋愛のほうが上位に位置していると思い込んでいた。もっと言うと、恋愛が成就してしまえば、どうしようもない疎外感や孤独感は消え失せるはずだと信じていた。

多分、違うのだ。

恋愛で満たされる部分はあるだろうけれど、それは「全部」ではない。きっと、彼氏ができた途端に変わったように見えた女の子たちにも、拭えない寂しさはあったはずだ。

しばらくするとAには新しい彼氏ができ、結婚するんだと言われた。人生に「夫」が登場して「彼女」から「妻」になると、Aもさすがに変わってしまうような気がした。オールは誘いづらいかもな……と思ったりもしたが、AはAのままだった。強いて変わった点を挙げるなら、彼女は金髪頭になって、お笑いにハマり始めていた。

Aはきっぱりと「私、子ども産みたくないんだよね」と言っていた。「どうして?」と聞くと「欲しいと思わないから」と言う。
そういう考えもあるのか。当たり前だが、結婚願望＝出産願望ではない。

そんな彼女ともここ数年は会っていなかった。喧嘩や諍いがあったわけではない。Aがお笑いのイベントに高頻度で通うようになったことや、私自身があんなにバカにしていた「彼氏最優先の女」になったり、些細な理由が重なった。私の恋愛一色期は案の定すぐに終わったものの、そこへコロナ禍が重なり、Aはおろか他人と会うことすら難しい時期が続いた。

自粛期間が明けたかと思えば、「Twitter」はXへと名前を変え、アルゴリズムなどが大きく変わってしまった。Xを覗きにいっても、かつて私の孤独を癒してくれた友達のツイートは、バズった投稿に埋もれてしまってなかなか見つけられない。コロナ禍の後に「Twitter」の終焉があり、人間関係の分断がより一層進んでしまうなんて思いもしなかった。
「社会人になると友達と疎遠になる」という話はよく聞くけれど、私たちも御多分にもれず同じようなレールに乗っていたのかもしれない。

「カラオケ行きたいな」

きっと誰も見ていないだろうけれど、久しぶりにつぶやいてみた。しばらくするとスマホに通知がくる。Aがいいねしてくれたらしい。

ふと、Aが昔に書いていた「誘われもしない」という言葉が頭に浮かぶ。すぐにLINEを送り、カラオケに行くことになった。最後にAとカラオケに行ったのは4年も前だ。

久しぶりに顔を合わせたAは相変わらず金髪頭だった。選んだコースは「4時間飲み放題」。いい年してまだこんな選択をしてしまう。部屋に着くなりハイボールとビールで乾杯した。

「久しぶりにカラオケに来ることになったから練習した」「私もなんだけど」と笑い合う。リモコンを膝の上に置いて「何歌おう〜」と迷っていると、Aがマイクを握った。

彼女が選んだのは『恋愛サーキュレーション』だ。「化物語じゃん！」と興奮気味に反応すると「あれ10年以上も前だからね、信じられない」と感慨深そうにAは返す。

あっという間に4時間がすぎ、その後に居酒屋へ入って見事に終電を逃した。夜更けの3時すぎに、六本木通りで凍えながらタクシーを探している光景はあの頃と変わらない。

Aとは反対方向のタクシーに乗り、温かな座席についてすぐにLINEをした。

「Aが全然変わってなくて嬉しかった！」

数秒もしないうちに「自我を取り戻した」と返信がきた。Aは「コロナ禍で付き合う人も結構変わっちゃったから、最近、自分がなんなのかよくわからなくなっていたのかも」と自己分析していた。

友達と疎遠になったのは「人が変わったから」ではなく「会ってないだけ」なのかもしれない。たとえ「人が変わった」のだとしても、何度でもあの頃の自分を取り戻せる。

タクシーから見る外の世界はワット数の高い間接照明がしきつめられているようだ。また近いうちにカラオケに誘おう。私たちはずっと友達なのだから。

第二篇――「東京」

匿名性をくれる街、東京

「地元」とは、どういう場所を指すのだろう？

生まれ育った街、長く住んだ都市、帰る場所……どれもいまいちピンと来ない。埋立地で生まれ育った私にとって、地元の街は工業製品のようだ。起伏のないコンクリートの地盤に、コピーアンドペーストみたいに似通ったデザインのマンションが立つ。駅前にはイオンがでかでかと座り、その周りにコンビニがちりばめられる。見たい映画は近所のシネコンで上映しているし、ＴＳＵＴＡＹＡは深夜まで開いていた。この場所でしか味わえないものは、ひとつもなかった。

人工的にできた湾岸地帯。パチンコ屋もラブホテルも見当たらない。漂白されたコピペの街が私の故郷だ。虚しいとか、寂しいとか、そういう感情は全くない。むしろ温度のない土地が好きだった。

無機質な土地でも、そこには人間関係がある。「地元」には、「場所」という自分たちでどうしようもできない物理的なもので、人を結びつける力がある。

地元というのは、場所と人と思い出が絡み合ってできる「居場所」なのだろう。その場所に由縁さえあれば、迎え入れてくれる優しさを持つ。

外の世界は、能力や結果をギブアンドテイクのように求めるけれど、地元はそんなことなしに帰りを待っていてくれる。「所与」という言葉がよく似合う。

私は、地縁があまり好きではなかった。

幼少期に母を病で亡くした私にとって、近所の住民から投げられる視線は心地よくなかった。先生もクラスメイトもその親も、母の闘病生活や葬式を知っていた。みんな優しく接してくれ、不自由があるわけではない。でも、私の個性を表すときに、一番最初につくのは「あの家のお子さん」だった。

普段は口には出さない。けれども、ふとした瞬間に露呈する。

母が他界して間もなく、同級生の男子と口論になったときのこと。私に苛立ちを覚え、言葉を探した彼が選んだのは、「母さんの死んだバカ女」だった。

「遺族」として見られることは覚悟していたので、起こるべくして起こった事態でしかなかった。確かに暴力的な言葉だが、喧嘩している相手を制圧するために、衝動的に出てきただけ。ある意味正当なパンチだった。だからこそ、軽く笑って受け流したかった。

けれども、人はそれを許してくれない。教室の視線がこちらに向く。当たり前だ。「タブー」を言われた人が、どんな顔をするのか見たいじゃないか。私だって自分の表情を見てみたかった。

「気にしなくていいから」と女子たちは私を慰める。誰かが報告したのか、事態を知った担任はクラスメイト全員の前で彼を叱責した。

「人として最低なことです。謝りなさい」静まり返った教室に、先生の声だけが聞こえた。何ひとつ間違ったことは言っていない。けれども、お説教をくらった彼から「ごめん」と言われたとき、みじめな気持ちになった。手を差し伸べる人に言ってやりたかった。

「〝気にしている〟のは、お前のほうだよ」

出自をベースに生まれる人間関係は、面倒くさかった。

私が地元で知っているのは、家、小学校、駅までの半径500メートルの世界だけ。コンクリートでできた土地でも、そこに根を張る人間関係は雑草みたいだ。抜いても抜いても消えることがない。私は地縁を手放したかった。

だから私はこの街から出ていかなくてはいけなかった。

◆◆◆◆◆

子どもが「地元を離れる」権利を手に入れられる唯一の手段。中学受験に合格したとき、人間関係がリセットされる感じがしてワクワクしたのを覚えている。「かわいい制服がいい」「きれいな校舎がいい」という理由で受験しただけ。でも、いざ定期券を買うと気分が高揚した。小学校の卒業式で私は涙を流した。「もう、ここにいなくていいんだ」と思えたから。

毎日、人でパンパンに膨れた電車に乗って学校に向かう。疲れた顔をしたサラリーマンと一緒にすし詰めにされながら、窓際に立つと湾岸地帯が一望できた。海、コンクリート、海。

人間関係とは違って、無機質な地形は不気味なくらいに整っていた。製品が出荷されるかのように、目的地の渋谷まで電車は向かっていく。

渋谷という街に何かを期待していたわけではない。ただ、海を越えて自分と関係のない場所に行くのは、切り離される感覚があって嬉しかった。

タワレコ、HMV、109、ラフォーレ。カラ館、歌広、BIG ECHO。渋谷には、「欲しい」を刺激する記号が溢れていた。センター街に行けば芸能ゴシップを教えてくれるおじさんがいるし、カリスマ高校生がバイトする古着屋も、ドラマに出てくる歩道橋もすぐそこにある。

とはいえ、コピペな地元で味わうことと何も変わらない。

頻繁に改装する宮益坂下のマクドナルドでポテトをつまみ、TSUTAYAに併設されたスタバでフラペチーノを買った。

人気がなければすぐに消えていくショップは、欲望が無尽蔵に飛び交う証だった。

また一方で、渋谷は人が一時的にワッと集まって、散り散りになっていく場所でもあった。改札前で「バイバーイ」と手を振って、みんなどこかへ消えていく。

なんだかすべてが刹那的だった。

人の噂よりも、欲しいものが欲しいし、今がよければすべてよし。ストレートな欲求が道中に転がっていた。

ぼーっと立ち止まっていても、人は通りすぎていく。

早くしないと「欲しい」が満たされない。すぐに消えてなくなっていくことが前提。そこには「所与」とは程遠い「刹那」がある。

だからこそ、渋谷は「あの家のお子さん」ではない自分でいられる場所だった。開放感と言うほどでもないけれど、気楽だった。


12歳の私が欲しかったのは、匿名性だったのかもしれない。

通学中、電車の窓から海を見るたびに、土地に芽生えるはずだったアイデンティティは剝がされていったのだろう。


眺めるベッドタウンは、直線的だった。

「面白いヤツ」になりたかった

高田馬場は、方向感覚を狂わせる。みんな「面白いヤツ」になりたくて疼いているのだ。もちろん私もその一人。この街に来れば、自分の内なる才能が開花して「面白いヤツ」になれると思っていた。

でも、同時に、心のどこかで自分には、ずば抜けたセンスはないことも理解していた。だから「潰しが効く」ように、普通の大学に入ったのだ。美大とか、音大とかそういう表現に特化した場所では生きていけないだろうと高校生のときからわかってた。

「大学はサークルに入らないと友達ができない」という噂を聞いて、1年生のときは映画サークルとバドミントンサークルを掛け持ちした。覚えているのは、入学したての頃、3年生の副代表がつくった『SCARECROW』という短編映画だ。

「寂寞《せきばく》とした感じを表したくて、あえてセリフはなくした」と語る、スラッとした茶髪の先輩はとても大人びていてかっこよかった。ただ、日本語訳にすると「カカシ」という意味の短編映画は、朝焼けの映像がただただ寒そうでストーリーが頭に入ってこなかった。アート系の作品は鑑賞難易度が高いってことだろう。

このサークルには同じゼミになったUという同級生もいた。彼女は金髪で黒目がちな顔が特徴で、化粧っ気がないのに垢抜けた印象がある。

Uとは授業が被っていることも多かったから、それなりに会話もしたものの、大学から高田馬場の駅前まで歩く30分ほどの会話が精一杯だった。意志がしっかりしたUと話すのは疲れるのだ。

私は大学で聞かれる「好きな映画は何?」という質問が正直少し嫌だった。「『レオン』かな」と答えると「あー、結構メジャーなのが好きなの?」とか言われる。じゃあなんと答えればよいのだろう。

ゴダール?　ヒッチコック?　それとも黒澤明?　小津安二郎?　どれも必修科目のように、みんなが通っていて、さらにそこへ自論をトッピングして初めて一人の人間として認められる。Uはこの手の会話をすごく楽しんでいた。

サークルに入ってからは、キャンパスから少し離れた建物で開かれる定例会議で、スナック菓子を広げて先輩たちの「映画業界を変えるんだ」という熱い想いを聞いていた。先輩たちの中から「学生CGコンテスト」入賞者が出たときは、我がことのように嬉しかった。お世話になっている人たちの快挙が純粋に嬉しいのと、このままいけば自分の才能が開花するかもしれないと思えたからだ。

こうやって方向感覚が狂っていく。

そう言いつつ、彼氏ができたのをきっかけに、映画サークルの方はフェードアウトしてしまった。Uとはかつてほど話さなくなったけれど、別に仲が悪くなったわけじゃない。彼女から代返を頼まれればしっかり対応していたし、課題の本を貸し借りしたりもした。

タガが外れたように騒いでいる学生たちは、「俺はここにいる！　俺は最高に面白いヤツなんだ！」と叫んでいるように見える。私は、そういう学生たちを見ながら「ちょっと飲みすぎだよ〜」と笑いながら介抱するのが好きだった。なんだか青春ぽくて。

でも、現実は甘くない。就職活動は心が折れに折れた。相次ぐ「期待に沿うことができませんでした。ご活躍をお祈り申し上げます」メールを見るたびに「お前はつまらない」と言われているような気分になる。

就活中、ひとつだけ覚えていることがある。ある企業のOBに言われた言葉だ。
「きみは自分の意志を話しているようで、どこかから持ってきた正解を話すよね。間違ってもいいから、〝きみの意見〟を聞きたいんだけど」

この瞬間まで、自分の意志で人生を進めてきたと思っていた。でも、考えてみれば学校も志望企業も趣味ですら、全部見栄えのよさで選んできたものではないか。私は「何かを好き」だったのではなく、「着飾って」いたかった。詳細な知識とか、所属してる組織とかで。私は誰かとケンカしたことがなかった。対立するほどの意見を持っていなかったのだ。なぜならすべてが借り物だから。

何枚エントリーシートを出したのだろう。多分、50社は出した。結局「面白いヤツ」がいきそうなマスコミ業界は全滅したけれど、運送会社からもらった「内定」の2文字を見た瞬間、それまでの人生がすべて承認されたかのような気持ちになった。私は間違ってないんだと思えたのだ。

◆◆◆◆◆

高田馬場駅を降りると、いつも通りの『鉄腕アトム』のテーマソングが流れる。この曲を聴いて通学するのもあとわずか。

駅前から見えるデカデカとした赤文字の「学生ローン」の看板は、初めて見たときには、地獄への手招きみたいに見えたけど、4年も見続けると愛着すら湧く。今日もロータリーの中央島には、飲み会の待ち合わせをしているような学生たちがたむろしていた。早稲田通りを勢いよく車が走る。そしてまた鉄腕アトム。毎日見続けたこの風景とも、もうすぐおさらばか。

この日は大学の近くにある「カフェレトロ」でゼミの同期と内定祝いの予定だった。最初のクラス懇談会も同じ場所だったなと思うと妙に感慨深い。ふわっふわのオムライスにパスタやフライドポテト。コース料理は相変わらず炭水化物ばかりだ。

それぞれ就活では現実を見つめたようで、なんだか顔立ちが少し変わったようにも見える。みんなで卒論を出して社会に出よう。

うちのゼミからは一人がテレビ局に、二人がPR会社に内定。そのほかは手堅い安定企業ばかりだ。「やっぱうちらのゼミは優秀だったんだよ〜」と言いながら「内定式どうする?」「引っ越しする?」という話で盛り上がる。

Uは「みんなおめでとー」と笑顔で声をかけているだけで、その会話には全く参加していなかった。「Uはどこいくの?」と、彼女の隣に行き声をかけると「あー、私、就活しなかったの」と言われた。「え!まじ?」「うん」「なんで?」「なんでって……まぁやりたいことがなかったっていうか……」

Uにしては珍しく口をモゴモゴさせていた。きっとうまくいかなかったんだなぁ。意地悪な考えが一瞬頭をよぎった。逆に今度はUが私に「どこだっけ、内定先」と質問してきた。

「運送会社にいこうと思ってる。もうちょっと就活粘ってみてもよかったんだけど」
「えーでも大手じゃん。すごい」
「親もなんとか安心してくれてよかったよ」
「そりゃ安泰だもん」

Uは私の顔を見ずに、2メートル先で盛り上がるみんなを眺めていた。なんだか切なくなってつい口にしてしまう。

「でも……いつか転職してクリエイティブな仕事に就きたいとも思ってるよ」

私に向けられたUのまなざしが一瞬冷たくなった。

「クリエイティブな仕事？」と聞いてくる。私は手札を出そうと「広告代理店とかかな〜。映画配給会社も憧れるし、音楽レーベルも検討かな。ウェブ系も気になってるけど」とあえて広めの回答をした。

「内定出たばっかなのにもう転職考えてるの」「3年は働かないと市場価値って上がらないって言うから、それ以降かな」「へえ、計画的」「いやいや、社会って甘くないから」

Uが投げてくる質問を、右から左へ流していることに気がついた。自虐的に笑ったものの、会話が曇っていくのがわかった。ふと、就活中に言われた言葉を思い出す。

「きみは自分の意志を話しているようで、どこかから持ってきた正解を話すよね。間違っててもいいから、〝きみの意見〟を聞きたいんだけど」

帰り道、いつも通り大学から高田馬場駅まで歩いた。決して高いビルに囲まれているわけではないけれど、この日の空はやけに狭く感じる。どうしてだろう。みんながガヤガヤと話している中で、Uがふと私に聞いてきた。

「本当にそれでいいの?」

〝それ〟とは何を指しているのかわからない。でも、自分が見たくないものを直視しなくてはいけないような気がした。

「それって何?」

わかっているけど、ごまかした。Uの金髪の中にある2つの黒い穴は「つまんないの」と言っているようだった。彼女は「ごめん、忘れて」と言って、東西線の改札口へ降りていった。

◆◆◆◆◆

Uとはその日以降会っていない。仕事が忙しく、これまで何度か開催された「ゼミ同窓会」にも出席しなかった。

私が勤続10年を迎える頃、Uの名前をネットニュースで見つけた。彼女は会社員をやりながら監督を務めた自主制作映画で賞を獲ったのだという。就活してないって言ってたじゃん。

記事を読むと、Uは丸の内にある企業で働きながら、映画の専門学校に通い、何度もコンペに挑んでいたらしい。インタビューの最後はこういう言葉で締めくくられていた。

「面白さっていうのは、欲の深さに比例すると思うんです」

相変わらず、なんでも見透かしそうな黒い目がこちらを向いている。

モノと情報に溢れる都市には才気溢れる人が集まるかもしれない。でも、その人たちは高田馬場にいるから強い個性を手に入れたわけではない。仕事でも趣味でもなんでもいい。「誰か」を介さない「これをやりたい」という欲望を持っている人は喧騒の中でも方向を見失わない。

私にもそんな世界線があったのかな。

一瞬思ったけれど、すぐに「いや、違う」と首を振った。私は私の正解を探すべきなのだろう。きっとそのとき初めてUに「面白い」と言ってもらえるはずだ。

あの子は「つまらないヤツ」だった

浮足立っている。落ち着かなくてはいけない。渋谷のミニシアター・ユーロスペースの控え室で私は深呼吸をする。まさかここに座る日がくるなんて思いもよらなかった。

「今日は取材のほう、よろしくお願いします」

控え室に入って来た20代前半くらいに見えるライターは、大学の後輩だという。私の周りにもライターとか編集者になった友達はたくさんいる。この子も高田馬場で人生を狂わされてしまったんだろうか。

ミラーレスカメラを首から垂らし、黒いパーカーを羽織った足元には、白いキャンバス地のニコッと笑ったような青いラインが目立つ。今の子もジャックパーセルなんか履くんだ。妙に感心してしまう。

会社員から映画監督に転身した経歴を記事にしたいのだという。ライターの口から出る質問に引っ張られて、遠い昔の記憶が蘇る。

◆◆◆◆◆

―映画の世界を志したきっかけはなんでしょう?

初めてミニシアターに行ったのは高校3年生のときでした。今では「奥渋谷」と呼ばれるエリアにひっそりと佇むアップリンクで、レイチェル・カーソンのドキュメンタリーを見たんです。

40人ぐらいしか入れない暗い空間に、カラフルなデッキチェアやソファが並んでいて、自分の知っている映画館とは全く違いました。廊下に置かれたテイクフリーのチラシは、宝物みたいに見えて、一生懸命かき集めてバッグに入れましたね。全部がわかるようになりたかったから。

―ミニシアターに初めて入るときって、背伸びしたような感覚になりますよね。

そうですね。シネコンでやってるような映画しか知らなかったので、こんな世界があるんだっていう驚きもありました。自分以外のお客さんは全員おしゃれに見えるんですよね。不思議。自分もここに馴染みたいと思ってました。本当に恥ずかしいんですけど、ブログに映画批評を書いたりして、もう本当に黒歴史です。

――じゃあ、大学生活はさぞ充実したんじゃないですか？

大学時代、多くの時間を過ごした高田馬場は、居心地がいいようで悪かったです。あの街はとにかく騒がしい。目の前の刹那的な楽しさに身を任せると、あっという間に自分を見失ってしまうんですよ。

高3でのアップリンク体験から、映画を仕事にしたいと漠然と考えていたので、迷わず映画サークルに入りました。ＯＢに名を連ねる豪華な顔ぶれは「あっちの世界」への誘いとして十分。きっと自分もここで才能を開花させるんだって、根拠もなく期待しちゃってましたね（笑）。

でも、すぐに「もしかして思っていたのと違うかも」とうっすら気づき始めて……。

――なぜですか？

なんでだろう……。すごく楽しかったんですよ。定例会議が開かれる度に、「あの映画は自分だったらこう撮る」という夢物語を話したり、「ここのセリフがちょっと説明っぽくない？」とか「やっぱり光の入れ方で全然違って見えるよね」とか、そういう話をするのは本当に楽しかったです。今にそれが活きてるのかは謎ですが（笑）。

けれど、楽しいはずなのに、焦りが積もっていくんです。会話のすべてが人間関係を充実させる方向にいっていたから……？　すごい僻みっぽいですけど。

みんな批評はすごく上手なんですけど、ここに馴染んでしまうとこのままだと一生鑑賞者のままだという予感がしたんです。サークルの先輩も、8割ぐらいは手堅い大企業から内定をもらってるし、周りはなんだかんだすごい器用だったんだと思います。

――でも、Uさんは会社員経験があるんですよね？

そうですね。何かやらなきゃとは思いつつ、結局「自分ごときがクリエイターになれるわけがない」って考えていたんだと思います。ただ、本当に私はプライドだけが無駄に高くて、周りには就活してたことを内緒にしてました。面接の日は、絶対見つからないようにしなきゃって思っていて……かなり挙動不審だったと思います。

―そこからなぜ映画監督の道へ？

んー。多分、最初に「これはまずい」と思ったのは、ゼミの同期で内定祝いをしたときなんです。

同じゼミにWちゃんっていう子がいたんですけど、みんなで内定祝いをすることになったんですね。そのときに、大手に就職する彼女に向かって「本当にそれでいいの？」って言ってしまって。

―キツい言葉ですね。

ですよね。すごく苛立っていたんだと思います。Wちゃんって、学生生活のすべてをバランスよくこなすタイプだったので、全身で青春を謳歌している彼女に嫉妬しているのかな、と思っていたんですけど、ちょっと違うような気もして。

Wちゃんとは映画サークルも一緒だったんですよ。だからてっきり何かをつくる側にいきたいのかなと思っていたんですけど「どんなことやりたいの？」って聞いても、いまいちピンとした答えが返ってこないんですよね。

「いろいろ考えてる」とか「まず3年働かないと転職は……」「でもクリエイティブな仕事がしたい」って言っていて、質問の回答になってないんですよ。

振り返ってみたら、Wちゃんとの会話はどれだけ盛り上がっても、雲を摑んでいるような気持ちになっていたことばっかりだったなぁと。あ、これはちょっとさすがに記事には入れられないかもしれないです。すごい偏見なので……（笑）。

――記事にするときは、削るので安心してください。

あはは、ありがとうございます。Wちゃんって、どこかで見聞きしたことのある話を軽やかに打ってくるタイプの人なんだなと思って。人を不快にさせることはないけれど、胸をざわつかせる言葉も、視界を晴れやかにする発見もない。

—あー。いますよね。全然面白くない……というか。

そうそう。本当につまんなくて。でも、それって、そっくりそのまま私のことなんですよ。

—そうなんですか?

楽しそうにしている人たちを見て「あいつらより絶対自分は面白いヤツだ」と言い聞かせて、脚本を書いたり、宣伝会議とか映画美学校とかの体験入学したりしてたんですけど、結局何をやりたいのかわかってなかった。

Wちゃんからは「あなたは本物だよね」って言ってもらったこともあったなぁ。でも、そんなの全然嘘で。それっぽいもので着飾ってたのは私のほうだったんです。だって、コソコソ就活してるぐらいですよ。井の中の蛙で「クリエイティブぶってた」。

結局そのまま広告代理店……っていっても、いわゆる「広告」ではなくて、求人系の会社なんですけど。さらにそこで営業部署に配属されて結構病みましたね。やっぱり自分は「面白くないヤツ」と改めて言われた気がして、すごく悶々としながら働いていました。

新宿に行くと、パルコの広告がででん！　と見えるじゃないですか。ああいう作品をつくってるのって美大卒の人なんですよね。私は、高校のときに「アートセンスはないいな」と自分で勝手に見切りをつけちゃったので……。社会人になった自分は「どの企業さんの広告を雑誌の前のページに入れるかどうか」の会議に臨むんですよね。「何かをつくる」とは程遠い。儲かる方法とか効率的な運用の仕方ばかり考えてる。もちろん、これも大事なんですが。

大学時代の友達には絶対今のキャラを知られたくなくて、同窓会には一度も行けなかったです。

でも、私は何がやりたいのか、どうなりたいのかもわかっていなくて。ただただ仕事をこなさなきゃいけない日々を5年ぐらい過ごしていたんですけど、アップリンクがなくなるっていうニュースを見て、すごく切なくなってしまって。何もしないと置いていかれるんだってすごく実感したんです。

久しぶりにここ……ユーロスペースで映画見たら「あ、これじゃん」って思い出したんです。上映時間だけは、現実世界の嫌なこと全部忘れられる。観た後は、今まで当たり前だと思っていたことがひっくり返される感覚になれる。ああ、私はこういうものをつくりたかったんだって。

久しぶりにここ……ユーロスペースで映画を見たら「あ、これじゃん」って思い出したんです。上映中だけは、現実世界の嫌なこと全部忘れられる。観たあとは、今まで当たり前だと思っていたことがひっくり返される感覚になれる。ああ、私はこういうものをつくりたかったんだって。昔、レオス・カラックス監督の『ホーリー・モーターズ』をここで観たことを思い出して。

あれって、いろんな映画のオマージュが込められていて、摩訶不思議な映像で夢を漂っているような感覚になる内容なんですけど、監督の13年ぶりの作品だったんですよね。そのときは「へえ」って思うぐらいだったんですけど、〝ブランク〟と〝積み重ね〟が絶妙に絡み合ってひとつの作品として昇華されていたなぁって思って……そのときにひらめいてしまった（笑）。私は「手を動かしたいんだ」って。就活しているときまでは「映画に関する仕事がいい」みたいな粒度だったんですけど、「私は映画をつくりたいんだ」ってそのとき初めて気がつきました。広告でも、小説でも、音楽でもなくて、映画。気づくの遅すぎですよね。

多分、内定祝いのときに私がWちゃんに言った「本当にそれでいいの？」は、自分に向けた言葉だったんですよ。Wちゃんに申し訳ないことしたなぁ。八つ当たりじゃんって思ったんですけど、連絡手段がないっていう。

急いで専門学校に申し込んで、仕事終わりと週末かな、授業を受けることにしたんですけど、もう本当に毎日楽しくて！

睡眠時間もろくにとれないし、仕事の評価は落ちるやらで社会人としては終わってましたけど、学校に通ってる1年は、生きてるな〜って久しぶりに実感して。「私の能力では食っていけない」とか「こっちのほうが潰しが効く」みたいなことを無意識に設定していたのって自分だったんだって気がつけたのもよかったです。純粋に楽しくて。

—専門学校に通い始めたとき、20代後半ですよね。

そうですね。映画学校の同級生はみんな年下だったんですけど、がむしゃらすぎて全然。他人と比べてる余裕はなかったです。

卒業制作でつくった映画が新人賞で引っかかったのを機に会社も辞めてしまって。それからはずーっと自主映画をつくってました。仕事しながらも現実逃避としてうっすら作品の構想だけは書き溜めていたので、今はそれにお世話になってます。まだまだこれからだなと思ってます。誰か師匠を見つけて修業のようなことをしないと映画なんてつくれない気がしたんですけど、決してそうじゃないなとも気がつきました。すぐ決めつける癖はよくないです。

―原動力は、なんですか？

原動力……怒り？　ですかね。いつも怒ってます。「自分で限界設定するな！」って。多分。大学生のときの自分に向けて、作品をつくってるかもしれないです。あの頃、面白いヤツになりたくてしょうがなかったんですけど、その割に何もやってなかったな～って。

見栄えを気にしたり、食っていけるのか不安になったり、衝突を恐れたり。どこかで見聞きした言葉とか「幸せの形」とかじゃなくて、「私はこれがしたい」みたいなものが明確になると、いろいろ物事が進むと思うんです。

専門学校に通ってるとき、「どこかで見聞きした言葉とか、見たことのある画のつくり方をしてる」「きみは何をしたいのかはっきりしろ」って言われてガツンときたことがあって。

そのときに「面白さっていうのは、欲の深さに比例するのかもしれない」って思うようになりました。

自分が売れたら、Wちゃんにも届いたりするのかな。みたいなことも妄想してます。あ、もしかしたら、彼女が原動力なのかもしれません。

パーティーを抜け出して

新入生懇親会なるイベントが開かれたとき、すでに華やかな学生生活には暗雲が立ち込めていた。

カフェテリアで開かれた歓談タイム。参加者はみんなポッキーやら豆菓子をのせた紙皿を持って移動を始めた。見渡すと、入学前にSNSで親交を深めていた社交的なグループを筆頭に〝友達の輪〟ができ始めていた。お互いが青春に胸を躍らせながらも、どこか不安な気持ちも抱えた同級生たちは、みるみるうちにひとつの塊になっていく。

誰かに話しかけてほしかった。チラチラと集団に目をやるものの、誰も私の存在に気づいてくれない。当たり前だ。誰もが友だちをつくろうと必死なのだ。その糸口を摑んだら、楽しげな会話に全集中する。カフェテリアの隅に座る私にかまっている余裕などあるわけがない。

一人でいるのは「ひとりが好き」だからではなく「独りになってしまう」から。集団が生むリズムに乗るのが下手な私は、混ざりそこねてしまうのだ。結果的に中学・高校とまともな人間関係を築けてこなかった。そんな人生をリセットできるかもしれないチャンスを目の前にして、私もようやく重い腰を上げることにした。誰でもいいから話しかけないと、この波に乗り遅れてしまう。

「はじめまして。……今日すごい盛り上がってますよね」

隣の席の女子学生に声をかけてみることにした。無難な初手だったと思う。しかし、女子学生は私に話しかけられると、ぎょっとした。空気のひび割れは、喉に魚の小さな骨が刺さったような感覚を芽生えさせたが、私はそれを無視した。

「どこ出身ですか……？」と続けて質問を投げると、女子学生の目は右へ左へと泳ぎだした。さすがに私も彼女との間に流れる不穏な空気の存在を認めざるを得なかった。

何か失礼なことでも言ったのだろうか。出身地を聞くなんて無礼なのだろうか。何か反応してくれ……。口角を不器用に上げながら彼女を見つめていると、女子学生が気まずそうに口を開いた。

「私……教育学部の2年生なんですよね」

失敗した――。

どうやら私は「新入生の懇親会」で「他学部の上級生」に話しかけてしまっていたようだった。これではコミュニケーション能力云々ではない。スタート地点を間違えてしまっている。

こめかみが異常に熱い。鏡を見ていないのに、顔が真っ赤になっていることがわかった。恥ずかしくて死にたい。心の底から思った。

女子学生も言葉に窮しているようだった。当たり前だ。新入生たちがきゃっきゃ騒ぐ中で、一人でひっそり食事をしていたら、ぎこちなく声をかけられてしまったのだから。はっきり言って災難だと思う。

「あー……そうなんですね……」なんとか言葉を振り絞ってみるものの、気の利いた言葉など出てくるわけがなかった。気まずさに耐えかねたのか、しばらくすると女子学生は

「失礼しますね……」と下膳台《さげぜんだい》のほうへ行ってしまった。

もう誰にも話しかけたくない。抜け殻のようになった私は、誰とも親しくならずに懇親会を後にした。友達ができた同級生たちは「語り足りないよね〜」と会話しながら二次会の店を探していた。

誰にも見られたくないな。このまま最寄り駅に一人で向かったら「あの子、友達できなかったんだ」「寂しいヤツだ」と思われてしまいそうだ。堂々と繁華街を歩いていく学生たちの視界に入らないように、私は独りで新宿区の閑静な住宅街を歩いた。

新宿区と聞くと、ネオン輝く歌舞伎町や新宿西口の高層ビル群が思い浮かびそうだが、実は静かな住宅街も多い。個人経営のたばこ屋や食品店が並び、昭和ノスタルジーを感じる風景の中で、園児が散歩していたり、スーパーの袋を手にさげた女性が歩いていたり、のんびりとした時間が流れていた。

土地の起伏や流れる空気、交通量、道路の幅、生活音に建築物。これらを眺めながら歩くだけで、街を読み解いているような気分になる。大通りを突き進むのもよし、路地裏に入ってみるのもよし、偶然見つけた素敵な店に立ち寄ったっていい。街の歩き方には正解はない。

大学の最寄りから2駅歩くと、孤独感は嘘のようになくなっていた。むしろ充実感のようなポジティブな気持ちが芽生えていた。多分、懇親会でつまんだポッキーのカロリーぐらいは消費できたはずだろう。

通常の授業が始まってからも、私は多くの学生とは反対の方向に進み、ひとりで街歩きをするようになった。自分の足で歩いて街を読み解くと、いろいろな顔を知ることがある。繁華街の近くであっても、一本路地裏に入るだけで、人の生活を感じられることがある。そういうとき「もしかして、社交的に見える人も、日が差さない路地裏みたいな顔を持っていたりするんだろうか」と思ったりもする。

春は出会いの季節だと言うが、私はそれが苦手だ。大勢がいる「出会いの場」に行くと、会話のリズムが掴めずに息ができなくなってしまう。どれだけ経験を重ねても無理なんだと思う。パーティーの中で孤独を感じたときは、ひとりで街を歩けばいい。きっとどこかに辿り着くとき、寂しさは薄くなっている。「独りになってしまうから」ではなく、「贅沢なひとり時間」がそこにはある。

「ぼっち」と「背伸び」

いつかこのお店に入ることができるのだろうか。決して高級品が置いてある場所ではないにも関わらず、見えない壁があるように感じた。

東京にはそういう敷居の高い店がいくつかある。私にとって、表参道の「montoak（モントーク）」は、10代の小娘には「入れない」雰囲気が漂う大人の場所だった。

モントークは2002年にオープンしたカフェで、黒いスモークガラスで覆われた異質な建物が特徴だ。大通り沿いには入り口も看板もないので、パッと見ただけではどこから入っていいのかわからない。

近くに寄るとようやく店内の様子がうっすら見えるが、現実離れした空間のように思えた。出入りする客をちらりと見ると、スナップ雑誌『FRUiTS』から飛び出てきたような人ばかりで気後れする。この黒いガラスの中に入れる日を夢見ても、通りすぎることしかできなかった。

初めて足を踏み入れたのは、24歳のときだったと思う。「モントークで集まって飲むんだけど、来ない？」というメッセージを送ってくれたのは、ラジオ番組を通して知り合った、メディア業界で働く「お姉さん」の一人だった。学生の頃、浮かれた気持ちでマスコミを志望するも全滅した私にとって、出版社や大手広告代理店などで働くお姉さんたちは、憧れの存在でもあり、そんな彼女たちの女子会に呼んでもらえることは、光栄以外の何物でもなかった。

今思えば、彼女たちは気軽に飲もうというスタンスだったことがよくわかるが、当時の自分にとっては、彼女たちもモントークも「背伸び」の対象だった。

初めて入ったモントークは、思っていたのと全然違った。店内からは外がよく見え、黒いスモークガラスで囲まれた外観からは想像できないようなアットホームな雰囲気が漂っている。ワイワイ賑わう一階から階段を上がると、細かいタイル張りの床は海外のホテルのようでさらに驚いた。思ったよりも広い店内は、贅沢に空間が使われていることを窺わせる。

空間全体を味わってくださいと言わんばかりに、座席数が少ないのだ。

私が通されたのは、2階の奥の席だった。すでに21時すぎ。女子会はとっくに始まっていたが、席につくなり「お疲れさま〜」と温かく迎え入れられた。

バーニャカウダに、シュリンプカクテル、アボカドロールにトルティーヤチップス。テーブルの上にはすでにたくさんのメニューが並んでおり、ダイナー風のメニューが女子会に彩りを添えていた。

毎日終電まで働くような生活をしていた20代前半の私にはすべてが衝撃だった。あるお姉さんは、MVの演出をしていた。またあるお姉さんは、複数回の転職のすえ、広告代理店で働いていた。お姉さんたちだって忙しい毎日を送っているはずなのに、身も心もボロボロな自分と全く違った。

かといってドラマに出てくるような「バリキャリキャラ」のようなギラギラさはない。やりがいのある仕事をして、きちんと余暇も持っている彼女たちには、ある種の「堅牢さと豊かさ」があった。どうやったらそういう世界の入り口を見つけられるのだろう。不思議で仕方がなかった。

私は「何かを摑むためには我慢をしなくてはいけない」という強迫観念のもと、がむしゃらに働いていたし、休みなんてとってはいけないと思い込んでいた。会社の飲み会自体も好きではなかったので、仕事終わりに出かけることもなかった。しかし、ゆったり話す彼女たちを見ていると、そんな自分が間違っているように思えた。

あまりに遠くの記憶で何を話したのか覚えていないが、モントークで開催された女子会は、私の中で「背伸び」をした先の世界を覗いたような経験だった。

◆◆◆◆◆

一度足を踏み入れてしまえば〝ブラックボックス〟は案外落ち着く場所だとわかり、それ以降、何度も足を運ぶようになった。表参道で23時まで開いている営業スタイルは、仕事の後にも足を運びやすくて便利だった。1階の窓際に座ると、表参道を眺めることができる。スモークガラスの効果からか、通行人たちは店内から視線を送られていることに気がつかないので不思議な気持ちになった。

もしかすると、私はモントークを通して、「ひとり時間」を満喫できるようになっていたのかもしれない。

今でこそ一人で食事をすることに全く抵抗はないが、学生の頃は単独で行動することに後ろめたさを感じていた。「ぼっち飯」という言葉があるように「友達がいない人」「寂しい人」というイメージが強く、自分もそう思われたらどうしようと不安を覚えていた。

実際、店内には私だけではなく一人客も多かった。本を読んだり、仕事をしたり、ただ静かにコーヒーを飲んだり。自分の時間を大切にする空気が流れている。洗練された空間は、孤独感を払拭してくれる効果があるのかもしれない。

「敢えてひとりを楽しんでいる」人たちが集う雰囲気は、自意識過剰な私にゆとりを教えてくれた。

無目的に時間を過ごせるところも「自分探し」真っ只中の自分にとっては居心地がよかった。今は「パンケーキ屋」や「韓国料理屋」など専門店が人気だが、私は明確に「何が食べたい」と思うことがほとんどない。だからこそ多国籍のメニューはありがたかった。

定食風のものを食べたいときもあれば、コーヒーだけでいいときもある。たまにはパンケーキを食べたくなる気分にもなるが、「何が食べたいのか」を知るのは、席についてからのほうが多い。

暗めの照明にゆったりとした店内、各々が自分の時間を堪能している客たちは、誰もぼっちの自分など指差したりしない（これはきっとどんな場所でもそうだろうが）。家よりもちょっとした緊張感があり、会社よりもくつろげる絶妙な場所。そういった場所がモントークだった。


モントークは、2022年3月31日に閉店した。クローズのニュースはネットニュースでも取り上げられ、多くの人が「時代が終わった」と思い出に浸っていた。

東京はスクラップ・アンド・ビルドを繰り返し、これまでもたくさんの思い出の場所がぐしゃりと壊されてきたものの、モントークの閉店はもっと大きな意味があるように思えた。運営サイドもそのことを理解していたのだろう。閉店を知らせる公式サイトにはこう綴られていた。

「いま時代は移り変わり、文化の発信の在りようも多様化しています。そんな中で、ここ原宿・表参道での montoak の役割は果たせたように思います」

この20年、いろんな価値観も変わった。「おひとりさま」という単語が流行語大賞にノミネートされ、市民権を得たのは2005年のことだ。言葉の生みの親であるジャーナリストの岩下久美子さんは「『おひとりさま』とは、『個の確立』ができている大人の女性」としていた。それは私が憧れた「お姉さん」たちそのものだ。

今ではおひとりさまを堪能できる場所はびっくりするほど増え、一人で行動することに後ろめたさを感じる人は少なくなったように思う。社会に応じて街が変わっていくのは、悪いことではない。でも、背伸びをさせてくれたような場所がなくなっていくのは寂しい。文化的な香りが漂う空間に酔いしれながら、夢を見られる場所は今どこにあるのだろう。

幸いにもモントークの建物はしばらく残り続けるそうだ。一度も通してもらえなかったVIPルームと呼ばれる3階に行ってみたいという夢は、なんとか叶えられるかもしれない。そのとき、また私は「背伸び」ができるはずだ。

「オタク」をこじらせて

中学1年生になった春。私の世界は突然広くなった。

電車通学を始めたからというのも大きかったが、後ろの席に座ったFが、私と同じで『HUNTER×HUNTER』のクラピカが好きだったからだ。

彼女が通学バッグにつけているクラピカのキーホルダーが視界に入った。

「Fちゃんもクラピカ好きなの……?」

手探りで質問をすると、彼女の顔はパッと明るくなり、私たちはすぐに仲良くなった。

心底安心した。一人で電車に揺られて見知らぬ土地にある学校に通うことは、期待もありつつ、心細かったからだ。四方八方からやって来る見知らぬ人たちと仲良くなれるのか不安だった。でも「クラピカが好き」という、自分にとっての最重要事項が共有できる存在とすぐに出会えたことは、暗闇の中でサーチライトを見つけたような安心感を私に芽生えさせた。

Fは、板橋に住んでいて小学生の頃からよく池袋で遊んでいたらしい。彼女が「素敵な場所がある」と連れて行ってくれたのが、池袋のアニメイトだった。

自分の家の近くにはない、専門店に足を踏み入れると「天国か」と思った。蛍光灯に照らされた白っぽい店内には、視界いっぱいに2次元のグッズが売っている。ポスターに文房具にキーホルダー。客は自分たちよりも年上が多く、大人の場所に来てしまったような感覚がする。私は初めて行ったアニメイトでFとお揃いのキーホルダーを買った。

アニメイトが店を構える通りは「乙女ロード」と呼ばれていて、マンガ・アニメのキャラクターグッズなどを取り扱う専門店が密集していた。Fに手を引っ張られながら入ったK−BOOKSで、初めてボーイズラブというジャンルを知ることとなる。

初めて見る世界は、咀嚼するまでに時間がかかったものの、確実に中毒性があった。世の中には二次創作というものがあり、本家とは異なる作家による同人誌が商業として成り立っていることも、このときに知った。

「掲示板」や「MSNメッセンジャー」を教えてくれたのもFだった。まだSNSがない時代、私たちはいろいろなツールを使っては、会話を楽しんでいた。掲示板にいる、全く知らない人と交流する時間は、これまで味わったことない新鮮なものだった。親が知ったら顔をしかめそうだ。だが、危なそうなところも含めて、私たちにとって魅力的な遊び場だった。

Fと過ごすうちに私はいろいろな作品が好きになっていった。『テニスの王子様』『シャーマンキング』といったジャンプ作品から、『ときめきメモリアル』『テイルズオブファンタジア』などのゲームを夜中の3時すぎまでやり込む。夜な夜なプレイするゲームほど楽しいものはなかった。

Fは、「裏の世界」へ私を案内してくれた一方、自分たちに向けられる眼差しにも自覚的だった。教室で嬉々として「2ちゃんでさ〜」とFに話しかけると、彼女は一瞬顔を歪ませて「その単語はあまり大きな声で発しないほうがいい」と口の前で人差し指を立てた。そのときは意味がわからなかったが、時間が経つにつれ少しずつ理解ができるようになった。オタク的な趣味・行動は嫌われていたのだ。

今では信じられないかもしれないが、当時「アニメやマンガは子どものものであり、大人がそれを嗜むのは異常だ」という意識が親世代を中心に根強く存在していた。元号が昭和から平成に変わるぐらいのタイミングで起きた連続幼女殺人事件は、当時の世間を震撼させたらしい。連続殺人犯のアニメやマンガのグッズで満たされた部屋は連日マスコミを賑わせ「オタクは異常だ」という偏った認識が広まったのだろう。私の親も、なんの疑いもなく「オタクは気持ち悪い」と言っていた。

そういう背景もあって、中学生にもなって2次元に耽溺《たんでき》する私は「危うい」と認識されていた。姉が親戚の前で得意になって話す。「この子さぁ、まだマンガ読んでるんだよ。しかも少年マンガ！」親戚たちは「まぁ！　マンガ読んだり、ゲームばっかりしてると教育上よくないって言うわよね、大丈夫なの？」「学校楽しくないの？」「池袋に通ってるの⁉　あんな治安の悪いところ？」と聞いてくる。私は顔を真っ赤にしてうつむいていた。

学校でも同じだった。オタクのような暗い存在は、教室内のカーストでは「最下位」に近い位置づけで、攻撃の標的になるか、空気のような見えない存在として扱われるかの二択だった。「あいつ調子乗ってるよな～」「うわ、キモ……」教室の後ろのほうから声が聞こえると、身を縮こまらせた。「あいつ」が誰なのかはわからない。でも、次は自分が標的にされる番なのだろうか。そう思うと、自分の好きなものを堂々と謳歌することなどできず、ただただ声を潜めるしかできなかった。

中学2年生になるとFとクラスが別々になり、瞬く間に疎遠になった。クラスをまたいで彼女と友好関係を築けるほど、私には勇気も根気もなかった。体育の授業でグループ分けする瞬間、校外学習で班を組むとき、私が守らなければいけなかったのは、目先の友人関係だったから。毎晩、湯船に浸かりながら「オタクは卒業する、卒業する、卒業する……」と自己暗示をかけ、掲示板にいくのもやめた。

新しいクラスで仲良くなったのは、モテる集団だった。彼女たちには自分がオタクであることは知られていない。アニメイトに通い、同人誌を読み漁り、掲示板に入り浸っていることは言えなかった。

狭い教室で、なんとか生き抜くので精一杯。笑顔を顔に貼りつけて、放課後はマクドナルドで恋バナをする。この世に好きな男子などいなかったけれど、適当にウンウンと頷いて時間を潰した。フライドポテトで腹を満たして、太ももあたりに脂肪をつけていく。

「うわ！　このポテト、塩がかかってなくない？　全然味がしない！」とグループの誰かが言った。私は全く気がつかず、味のしない芋を頬張っていた。

Fは別のクラスで仲良くなった友達ときっとアニメイトに通っているのだろう。廊下ですれ違った際に、「久しぶり～」と挨拶をしたときそう感じた。私もFも隣には別の友達がいた。「私ではない」子と楽しそうに話すFを見て寂しさも覚えたが、心のどこかで安心してさえいた。ヒエラルキーの下にいかなくてすむ、と。

徐々に言動が変わっていく様子を見た姉は「ようやく〝卒業〟したんだね～、ホント心配したんだよ～」と言いながら音楽番組を見ていた。モテることに命を懸けていた姉は、流行りのブランドに身を包み、街を彩るラブソングを練習し、恋愛小説をバイブルとしていた。大人になるということは、愛を知るということなのだろうか。そんなことより『HUNTER×HUNTER』の続きが知りたかった。物語の続きを首を長くして待ちながら、私は段々と自分が薄らいでいくのを感じていた。

◆◆◆◆◆

大学に入学したときに、戸惑った。多くの学生が自分の好きな2次元作品について熱弁していたのだ。私が教室内のヒエラルキーで溺れている間に風向きが変わっていたのかもしれない。学食や廊下、いたるところで熱のこもった自論が繰り広げられる。

彼らの熱弁は、一度足を洗った自分ができないような長い年月を感じさせるもので、「どんなアニメ通ってきた?」「エヴァは何話が好き?」「好きなBL作家は?」と話を振られるたびに口ごもることしかできなかった。彼らはみんな、オタクとして「積み重ねた歴史」がある。

彼らはみんな、オタクとして「積み重ねた歴史」がある。自分とは比べ物にならないほどのコンテンツを摂取し、二次創作や鋭い考察を展開する能動性がある。何より、周りからなんと言われようとも揺るがない信念があった。そういう人たちを前に、自分はオタクだと自称することなんて、できない。「味気ない」同級生が熱弁を繰り広げるのを、学食の奥から眺めながら思った。

罪悪感と劣等感を積もらせて4年間を終えようとしている頃、嘘みたいなニュースが流れてきた。

『HUNTER×HUNTER』の劇場版アニメが公開されるのだという。総集編ではなく、完全オリジナルの新作で、クラピカが主要キャラとして登場するそうだ。

私は10年ぶりに池袋へ行き、映画を観た。映画館を埋めていたのは、自分と同世代がほとんどで、心なしか一人客が多い。誰も声を出さないけれど、いよいよだ……と意気込んでいるのがわかる。沸々とした熱気の中にいると、なぜか「みんなここにいたんだ」という感慨に包まれ、自分が抱いていた劣等感なんてどうでもよく思えた。ただ、ここにいる。それでいいじゃないか。都合のいい考えにすぐ頭を占拠される私は、本編が始まる前に胸がいっぱいになっていた。

完全オリジナルの本編は鮮血のように赤かった。クラピカには、「外の世界」を夢見ていた幼少期があったこと、一人称が「オレ」だったこと、サベツやイジメから身を守るため身を隠すように言われていたこと、目と足が不自由なパイロという親友がいたこと。大好きだったクラピカの過去が時を経て明かされていく。クラピカも、もしかしたら私とちょっと似ていたのかもな。たいそうなことも考えた。

映画の最後には、燃えゆく洋館を見ながら主要キャラ四人が「思い出は自分の胸の中だけにしまっておけばいい」「本当を生きる……か」「本当ってなんだろう」「自分らしく生きるってことじゃないのか」と会話をし、清々しい顔で「いつかまた！」と各々の旅に出る。

感無量、だった。自分が成人してから見た『HUNTER×HUNTER』で、このような会話が聞けることに。

映画が終わると、私は想像以上に疲れていて、言葉を発することができなかった。感想をSNSに投稿しようにも、頭に力が入らない。人生の最重要項目が再び最前面に浮上したという事実で、心が満たされていた。力をすべて出しきってしまったのかもしれない。暗くなった街をぼーっと眺めて、ようやく言語的な思考ができたとき、頭に浮かんだのは懐かしい名前だった。

Fも観たかなぁ。

もしかして、今日はFと再会する絶好のチャンスだったのかもしれない。MSNメッセンジャーのログイン方法はきれいさっぱり忘れ、携帯電話の番号はガラケーからiPhoneに移行しそびれた。でも、SNSで「友達の友達の友達」まで辿れば、連絡を取ることぐらいはできたかもしれない。白々しく「久しぶりー」とメッセージを送って「Fは映画観た？　まだだったら一緒に行かない？」と誘って、気まずいながらも何事もなかったかのように、楽しい時間を過ごす……という世界線もあったはずだ。

検索窓にFの名前を入れるも「この人ですか？」と表示されるのは、どれも彼女とは似つかない人だ。そうだよねぇ。画面の中には苦くて痛い現実がある。


「シャカシャカポテトの新フレーバー『バターしょうゆ味』が登場！」

街頭ビジョンから、弾けるような声がした。

池袋の街は、私が「裏の世界」を知った当時よりも、今はもっとエネルギーに満ちている。〝推し〟の缶バッジでデコレーションした痛バッグを持つ女の子が溢れ、2次元キャラのコスプレイヤーがスタバのコーヒーを片手に街を闊歩している。もう「裏の世界」ではないのかもしれない。


Fは今どこで何をしているのだろう。まだクラピカは好き？ 私、複製原画を買っちゃったんだけど、どこに飾ればいいと思う？ ねえねえ、最近グッときたキャラっている？ 気に入ってるBLはある？ ドラマ化が増えててびっくりするよね？ 好きな同人作家は誰？ それとさぁ……自己満足だし、全く気にもとめてないかもしれないんだけど、言わせて……あのとき、ごめんね。

東京に馴染む

男は2種類に分けられる。朝起きたときに「シャワーを貸してくれる男」と「貸してくれない男」だ。飲みすぎで頭が鈍く痛む朝、再生速度が2分の1くらいで動く数十分間で見分けられる。

「シャワー浴びてく?」

この質問が出るか出ないいか。あまりにシンプルすぎるリトマス紙だけれど、それがすべてだ。きっと目の前の青年は自分がリトマス紙を当てられてることも知らずに眠りから覚める。窓の外を見ると、青白い近未来的なタワーが見えた。

墨田区に立つ東京スカイツリーという新名所は、世界で一番高いタワーらしい。刀をイメージしたデザインで和を意識してると聞いたけれど、住宅街から眺めるSF的な建造物は風景と合っていなかった。

「スカイツリーって景色から浮いてるよね。バベルの塔みたい」

ぼんやりとつぶやく。「あー、なんかわかるかも」と同意を得るものの、「シャワー浴びてく?」の言葉には繋がらなかった。

別に落胆したわけではない。リトマス紙が酸性かアルカリ性かを教えてくれるのと同じように、私たちはそういう関係で、そういう男で、そういう女なのだ。

最低限髪を整えて外に出ると、日光が眩しすぎてクラクラした。

あー……この場所、どこだっけ。馴染みのない街でフラフラと歩き出す。電線が黒くしなだれた空の向こう、遠くに見えるシルバーの塔を眺める。ここはどこかわからないけれど、あそこに向かえば家に着く。

2011年に私は社会人になり、スカイツリーの近くで一人暮らしを始めていた。

◆◆◆◆◆

職場が新橋だったのでアクセスのよさで住処《すみか》を探した。銀座線の沿線上で選んだのは田原町。少し歩けば浅草や上野、アメ横にも辿り着く。寺社とコンビニと下町文化が混ざったこの場所は、異界と日常が混在しているような奇妙な魅力を放っていた。

親からは絶対にオートロックのマンションを選べと口を酸っぱくして言われたので、選択範囲が狭かった。1991年に建てられた10階建てのマンションの6階。ドアを開けると大きな窓と隅田川が見える1Kだった。

内見に行ったとき「ここからはもうすぐ完成するスカイツリーも見えるんですよ」と言われて「はぁ」と返事をしたのを覚えている。この不動産屋はあの不気味な塔に私が飛びつくと思っているのだろうか。確かに隅田川はきれいだけれど、あの鉄塔は景色から浮いてるじゃないか。

興ざめしつつも、コンビニが家の向かいにあること、駅まで徒歩10分程度なこと、クリーニング屋が近くにあることなど、まったく色気のない理由でこの部屋に住むことにした。

一人暮らしをしてわかったのは、給料の大半は家賃に消えること、髪の毛は想像以上に抜け落ちること、果物は高級品であることだった。

社会人になってわかったこともある。化粧室ではメイク直しをしながら噂話がなされること、組織では政治力という謎の能力が必要なこと、デスクワークなのに異常に疲れること。そして額面と手取りの差は想像以上に大きいことだ。

雑誌の白黒ページに載っている「みんなのお財布事情」コーナーで貯金の平均額が300万円と書かれているのを見てひどく焦った。私なんて定期を6か月分買うのも躊躇してしまうのに。

毎日終電まで働いて、つまらない飲み会で苦笑いをして、ベッドとローテーブルしかない部屋で死んだように眠る。夜遅く帰ると、電気をつけるのすら億劫で、床に積んだ本を蹴飛ばして散らかしてしまうことも多かった。早送り映像みたいに時間だけがすぎていく。

社会には、走り続けていないと置いていかれてしまいそうな雰囲気がある。それは学生のときには感じることのなかったものだ。

「生産」という2文字が頭に浮かぶ。もっと速く、もっと多く。もっともっともっと……。

「もっと」が積み重なってできたのがスカイツリーなのだろう。好きになれない理由がわかった。

7月にはテレビのアナログ放送が終わった。その日はちょうど27時間テレビの日で「笑っていいとも！」でSMAPがカウントダウンをしていたらしい。

時代は変わっていくのに、私には好きな家具を買う時間も余裕もなく、部屋は一向に完成しなかった。実家から持ってきた本たちは床に平積みされたままだし、テレビはもちろん電気ケトルすらなかった。

当初は少し張り切って自炊にチャレンジしようと思ったものの、習慣化しなかった。一人暮らしに自炊は高すぎる。一食つくっても余ってしまうし、突発的な飲み会や残業が重なって賞味期限なんてすぐに切れてしまう。

普通の生活をするのはなんてハードルが高いんだろう。私が毎日なんとかやりくりする横で、同期は楽しそうな食事風景をSNSにあげているし、卒業してすぐに結婚する人までいた。一人だけおいてけぼりにされた感覚があった。

◆◆◆◆◆

会社の飲み会の帰り、目を覚ますと浅草駅にいた。終電で寝過ごしてしまったらしい。とはいえ終点から10分も歩けば家に辿り着ける。身体は鉛のように重いけれど、たまには夜風にあたってみるのもいい。

足を引きずりながら歩いていると、左目の隅に青白く光るスカイツリーが見えた。柱の中央は星が散りばめられたかのようにキラキラしていて、展望台はクルクルと光が回ってＵＦＯみたいだ。宇宙からやってきたような出で立ちは、右手に並ぶ商店街の雰囲気とは相変わらず不釣り合いだった。

どういうわけか、塔に引きよせられるように隅田川へ足が動いた。

川沿いはきれいに舗装されていてランニングする人も多いけれど、日付が変わった頃は流石に静かだ。

コンビニで買った缶チューハイをベンチに座ってあける。川の水がチャプチャプと揺れる中、プシュッという音が響いて消えた。顔を上げると隅田川の向こうにそびえるスカイツリーが静かに輝く。

ああ、なんて異質なのだろう。

東京タワーはあれだけシンボルとして愛されているのに、スカイツリーときたらダサいとか、不気味とか、そんな評判ばっかりだ。

突然、まっすぐ立ったスカイツリーがぐにゃりと歪んだ。

スイッチを入れたかのように涙が溢れたのだ。

異質。それは私じゃないか。

シャワーも貸してもらえない、家にはケトルもなければテレビもないし、会社では噂話にも混ぜてもらえない。社会に馴染めていないことをありありと実感してしまって、嗚咽が止まらない。こういうときはさめざめ泣きたかった。人生は本当にうまくいかない。

◆◆◆◆◆

翌朝、ベッドの上でiPhone 4を開いてゾッとした。酔っ払ったときはAmazonを開いてはいけない。意味がわからないものを買ってしまうからだ――。生活必需品はもっとあるのに、なぜか私は3000円のトースターを買っていた。

購入画面を見て慌てふためいたものの、妙に冷静な自分がいた。その瞬間、潜在的にトースターが欲しいと思っていたことに気がつく。

家の近くには有名なパン屋があり、店の前を通りすぎては「いつかここのパンを食べたい」と考えていたからだ。私が通るときはいつも営業時間外。こんなに近くに住んでいるのに手が届かない存在だった。

土曜日は早起きしてパンを買いに行こう。

これまで芽生えもしなかった欲が湧いた。酔っぱらうと本心が出るという研究結果がニュースになっていたけれど、私の素直な欲求は家でトーストを食べることのようだ。昨日はわんわん泣いたのに、こんな些細なことで少し前向きな気持ちになるなんて、単純すぎて笑えてくる。それから数日、土曜の朝が待ち遠しくてたまらなかったのは言うまでもない。

いざ土曜日。赤いテントが目印のパン屋の前には、8時前だというのに行列ができていた。この人たちは一体何時に起きているのだろう？

そわそわしながら店内に入ると、せわしなくパンをつくる厨房が見えた。売っているのはロールパンと食パンのみ。あいにくロールパンは予約分で売り切れらしく手に取ることはできなかった。並んでいた客たちは手慣れた様子でテキパキとパンを受け取っている。このリズムを崩さないよう、私は食パンを一斤買った。

少しこぶりだけど、ずっしりとした四角い食パンは、ビニールから出すとふわっと小麦の香りがした。コンロで炙った包丁をパンの耳にあてると手が止まった。

厚く切ろう。これまで食べてきた8枚切りではなく、もっと……5センチぐらいのトーストを食べてみたい。どれだけ厚く切っても怒られない。

パンが焼けるまでの時間を、これだけ嬉々として待ったのはいつぶりだろう。どうか焦げないで、厚く切ったから心配だ。ジジジジジ……トースターのタイマーが時間を刻んでいるうちに香ばしい匂いが部屋に漂った。焼き上がる少し前に一度パンを取り出してバターをたっぷりのせた。

きつね色に焼けたトーストは小さくてかわいらしい。思わずテーブルと平行になる位置に iPhone 4 を持ってきていた。カシャッ。ついに私も「おうちごはん」を撮ってしまった。

バターが十分染み込んだトーストは耳がパリッとしていて、頬張ると小麦の香りが鼻に抜けた。もっちりと重みがあって体に入っていく。ふと、窓から見える水色のスカイツリーが目に入った。

ベランダで食べてみたい。

お行儀の悪いことも許されるのが一人暮らしの特権だ。トースト片手に隅田川を眺める。頬に昼の風があたった。特別なことなどなんにもないけれど、初めて暮らしを感じた時間だった。

週末のトーストは意図せず始まった習慣だったが、これをきっかけにゆっくり部屋ができあがっていった。コーヒーを飲むためにケトルをようやく買い、本棚は近所の中古家具屋で手に入れた。

相変わらずコンビニにお世話になることは多いけれど、「生活」というものを手に入れていった。働き方改革の雰囲気ができあがり、かつてのような残業がなくなったことも大きかったのかもしれない。

◆◆◆◆◆

4回の契約更新をしている間に部屋からスカイツリーは見えなくなった。目の前にホテルが建ったのだ。気がつけば、外国人渡航者が楽しそうに街を歩いているし、自分と同年代であろう若い夫婦も多く見かけるようになった。私自身、転職をして勤務地も変わったけれど、結局この地を離れられず、30代になった今も隅田川沿いのマンションに住んでいる。

「シャワー浴びたらお昼食べに行かない？」

起きたばかりの青年に向かって私は言う。

「え、いいの？」

「うん」

淡い不安が解けたみたいにほころぶ顔を見ていると、懐かしい気持ちになった。土曜の昼下がり、軽く身支度をして吾妻橋の前に行くとスカイツリーが太陽に照らされて青白く光っていた。

「スカイツリー、青空に映えるねぇ。令和っぽい」

そう言いながら、彼は立ち止まってiPhone 11で写真を撮る。私は「何それ」と笑って相槌を打つ。

周りを見渡すと、彼だけではなく大勢がスカイツリーに向けてピントを合わせていた。インド人、アメリカ人、日本人、5歳児に大学生のカップルに老夫婦。この場所に住み始めた頃、こんなにいろんな人で彩られる日がくるなんて思いもしなかった。もしかすると、あの不動産屋はこうなることを見抜いていたのかもしれない。

道行く人の会話が聞こえる。

「そういえば、もうすぐ2010年代が終わるよ」

2010年代の初め、スカイツリーは新しすぎたのだ。東京タワーと比べられ、疎まれることもあったけれど、静かに街の変化を見守り、いつしか東京にしっくりと馴染むようになっていた。

「いい写真撮れた?」iPhone 11を覗き込むと、吸い込まれそうな青空に凛と佇むスカイツリーが写っていた。肩が触れると馴染みあるシャンプーの匂いがふわっと香る。私は恋人の手をとって、信号を渡った。

第三篇——「労働と自立」

お前はつまらない男にひっかかって、この業界から消える

映画を見ているとき、違和感を覚えて物語に集中できなくなることがある。登場するライターの描き方だ。

無精髭をはやして、タバコをふかしながら原稿に向かう男性とか、一人で飲んだくれている女性とか。大概、人間性が少なからず破綻していて、自堕落的に振る舞う。

無頼。

そんな言葉がよく似合う。

彼らがタバコをふかす横顔を見ていると、「面白い仕事のためなら、生活や人間性は捨てなくてはいけない」というメッセージを少なからず感じてしまう。そして同時に、あの日かかった呪いを思い出す。

◆◆◆◆◆

知り合いに誘われ、池袋の書店で開かれた出版イベントの打ち上げに参加させてもらっていたときだった。幹事を担当していたSさんは出版社で営業をしているという。彼女はフワッとしたショートヘアで外見だけなら自分と同い年ぐらいに見える。でも、穏やかな声色で参加者をテキパキと誘導していて、その姿からは優秀さが滲み出ていた。

橙色の照明が灯る居酒屋で、「今度、新聞に書評を書かなきゃいけなくて」「文化人枠だとテレビのギャラって安いんだよね」「わかる〜！ 事務所入ろうかと思った」という、いかにも業界人らしい会話が盛り上がっている。ハイボールをすすりながらその様子を眺めていると、一人のライターが私に話しかけてきた。

彼はまもなく40歳になろうとしている書き手で、業界の先輩として私に教えたいことがあったのだと思う。手始めに「この業界でどうなりたいの？」と面接のような質問をされ、私は「〝ホールアースカタログ〟的なことがやりたいんですよね」という、かなりつまらない答えをした。しばらくすると、アルコールが回ったのか、彼は熱っぽく語り始める。

「好きなことを仕事にするってことは、野垂れ死ぬ覚悟が必要なんだ。いつもそう思ってこの仕事をしてる。俺はいつ野垂れ死んでもいい」

ライターという泡のような仕事に就くことは、いつ食い扶持が絶たれるかわからない、安定を捨てる覚悟がないと続けられない、という意味なのだと思う。私は、彼の口から人生のヒントが出てくるような気がして、耳を集中させる。岩壁に必死にしがみついているみたいに、彼はグラグラになりながら言葉を放った。

「お前はつまらない男にひっかかって、いずれこの業界から消える。俺はそういう女をたくさん見てきた」

自分に向けられた言葉に驚いて、彼が何を言っているのかよくわからなかった。うるさいはずの居酒屋なのに、さっきまで聞こえていた笑い声も、グラスを交わす音も全く聞こえない。

視界の遠くでSさんが、グラスを持ちながら誰かと談笑している。Sさんも、このライターが言うように、いつかこの場から消えてしまうのだろうか。

その日の記憶は、この言葉をもって、ぷつりと途絶えている。

バカにされたこと、軽んじられたこと、怒りのポイントはいくつもある。でも、何も言い返せなかったのは、私は彼の言い分を少し理解していたからだ。

◆◆◆◆◆

「退場宣告」を受けてから5年、朝から翌朝までずっと仕事のことだけを考えて過ごしていた。金曜日は会社に泊まり、土曜日の朝に帰宅する。

「仕事が第一」を貫かなくては新陳代謝が早い世界で生き残れない。努力している感触が欲しかった。充足してしまうと、前に進めなくなってしまいそうで怖かった。

「退場」したくない。そう思いながら。


Sさんが「コロナも落ち着いたし、久しぶりにみんなで飲みませんか」と声をかけてくれた。嬉しさが大きかったが「あのライターもいるのだろうか」ということも気になった。正直、彼にはもう会いたくないどころか、同じ空気も吸いたくない。参加メンバーを確認すると、彼の名前はなかった。その瞬間、出欠可否は完全に「可」に振り切った。

数年ぶりに会うSさんは、相変わらずショートヘアが似合っていて年月を全く感じない。10人ほどのメンバーを誘導しつつ、軽妙な会話で場を温める。Sさんは話の中心に立つタイプではないけれど、彼女の周りはいつも楽しげな雰囲気が漂う。

「Sさん、今どうしてるんですか」と問いかけると、「転職した！　ビジネス系のメディアやってる会社に」私も知ってる大きな会社で、それだけで今も彼女が最前線で活躍していることがわかった。

「転職したくなったら、いつでも言ってね」彼女はキラッとした星が飛びそうな笑顔で言う。一方通行に自分の話をし続けるのではなく、聞く人へボールを投げるようなコミュニケーションをとる。Sさんの周りが楽しそうなのは、こういう細やかな気の利き具合からくるのだろう。

「あと、子どもを二人育て中」Sさんは続けた。要するに彼女は、子育てしながら転職して、忙しない業界に飛び込んだということになる。ワイングラス片手にキャッキャと笑う彼女を見て、私は「えー、全然見えないです！」とよくわからない反応をした。

「グラス空いてるね、次何飲む？」飲み会の幹事としてキビキビ動く姿からは、子育てしている顔が想像できない。きっと彼女はこの数年で、私の知らない顔を獲得してきたのだろう。

23時すぎに店から出て、みすじ通りを歩く。道路には、後ろから照らされる明かりで背の高い私たちの影が映っていた。

「私、今日、飲み会に来てよかったです」

歩きながら言うと、私の隣を歩くSさんは「本当？　よかったぁ」と笑う。

「私、昔の飲み会であのライターさんに『お前はつまらない男にひっかかって、いずれこの業界から消える』って言われたんですよ。その言葉がずっと頭に残ってて、がむしゃらに仕事してきたんですけど……」

長く伸びた自分の影を見ながらつぶやくと、Sさんは「そんなこと言われたの⁉」と驚き「あの人の意見なんて、聞かなくていいんだよ」と言った。

通り沿いの電灯に照らされて、彼女の顔がよく見える。微笑んでいた。魔法の杖を振るかのように、ふわっと呪いが解かれていく。

面白い仕事のためなら、生活や人間性は捨てなくてはいけない。

少し前までは、女の人は結婚したら「寿退社」を理由に退場させられることが多かった。でも、今はそんな時代でもない。生活サイクルの中に「家」を入れると、外の世界に使える時間は減る。けれど「家」という守られた居場所の外で邁進することは不可能ではない。創作の糧となる希死念慮とか、反骨精神が消えるわけでもない。安定したら面白くなくなるなんて、その人がつまらない人間だったにすぎない。そもそも、無頼な人と一緒に仕事をしたいと思う人は少なそうだ。

私は息長く仕事をしていたい。そのためには野垂れ死んではいけない。

女子大生からの説教

これはどういうことなんだろう。目の前に、腕を組んだ女子大生三人がローテーブルを挟んで座り、部屋の隅では友達がＩＣレコーダーを回しながらその様子を見守っている。窓から射す灰色の光が女子大生たちの頬を白く照らしていた。三人とも苛立ちを抑えているのだろうか、やけに冷静な声で話す。

「しっかりしてもらわないと困るんですよ」

新御徒町駅から徒歩3分ほど。アーケード商店街の一角にあるアパートの一室で、私は女子大生三人に説教されていた。

何に対して怒られているのか全くわからない。なぜこんな奇妙な説教大会が催されることになったのか。天井の低い部屋で私はぼーっと考えていた。

発端は、大学の同級生Dからの連絡だった。同級生といっても、就職活動の終わりに知り合った学部の違う男子で、まともに会話したことはほとんどない。Twitterでフォローし合っているぐらいの関係性だ。メッセージの冒頭にはこう書かれている。

「お前は俺の考える〝こじらせ女子〟だから」

は？　脊髄反射で苛ついた。唐突に連絡してきて、人のことを「こじらせてる」って言う神経、何？　そもそも二人称で「お前」を採用してくるって何様のつもり？「俺が考える」って何？　知らないいんだけど？　――Dに対する文句が矢継ぎ早に脳内を駆け巡る。

Dは同人誌の企画で「こじらせ女子」特集をするのだという。「こじらせ女子」とは、2013年、14年と2回も新語・流行語大賞にノミネートされた単語で「自信のなさから物事を難解に捉えて自縄自縛に陥る女」という意味合いだ。企画概要を聞くと「俺の考えるこじらせ女子」である私が、複数の女子たちにアドバイスをもらいに行くものらしい。

確かに当時の自分は、新卒で入社した会社を適応障害で休職中の身分。同級生がきらめく社会人生活をSNSで投稿する中、私は仕事も恋人も友達も、貯金もなかった。みんなが当たり前のようにこなすことが、自分にはできない。

出口の見えない生活の中、暇さえあればTwitterで鬱々とした胸の内を垂れ流していたので、こじらせていないわけではなかった。何より私には、退屈すぎて発狂しそうなほど、のっぺりとした時間だけがある。Dの勢いに飲まれるように私は返信していた。

「いいよ、楽しそう」


そんな経緯で、私は女子大生三人に会った。茶髪が一人、黒髪が二人。三人とも違う名門大学に通っていて、Dの同人誌づくりを手伝っているそうだ。

茶髪の子が、開口一番こう話す。

「私、非処女嫌いなんですよね。非処女は匂いでわかる」


普段聞かない単語に驚きながら、私は自分の匂いが気になった。「男主体で生きる感じがみっともない」というのが非処女嫌いの理由らしい。そもそも生き方って匂うものなのだろうか。だとしたら自分は劣等感にまみれたカビ臭を放っていそうだ。怖い。

女子大生の茶色い髪は毛先が緩く波打っていて、熱弁するたびに揺れる。小さな顔にぱっちりとした二重まぶた。ピンク色のワンピースからは細い足がまっすぐ伸びている。くるんと上がったまつ毛の奥にある黒目は、迷いなく私の瞳孔に視線を投げた。

「学校ではブランドバッグを持つのがデフォ。高いバッグを持ってないとスタートラインにも立てない」彼女の同級生たちは、曜日ごとに違うブランドのロゴを輝かせてキャンパスを歩いているらしい。

「私ですか？　クロエとミュウミュウを通学バッグにしてますね。みんな、誰かをバカにしたりはしないけど、なんとなく値踏みしているのがダルい」彼女は上辺だけのきらびやかさがくだらないと糾弾しながらもゲームに勝とうとしているのだからすごい。

「女子大生ライフを謳歌してるように見えるけど……」私が一言漏らすと、彼女は即座に答える。「これは女子社会というゲームを攻略するための最適解なんですよ。女子に擬態した姿でいたほうが結果的に楽なので」


外見と中身がちぐはぐな彼女のほうが、自分よりもよっぽど強くこじれているように見えた。そんな状況下で、私は「はぁ」と情けない相槌を打つことしかできない。

普通の生活ができないだけでなく、こじらせ具合もキャラの濃さも中途半端な私は、強キャラを目の前にたじろいでいたのだと思う。

女子大生たちの先制攻撃にすっかり疲弊した私は「みんなができることができない」と、自己紹介がてら悩みを打ち明けることにした。「転職したいけど、とりあえず3年働かないと市場価値的に厳しいから、今こうして休職をしています」うだうだと現状を話すと、場はますますヒートアップした。

「しっかりしてもらわないと困るんですよ」一人が声を出せば「そうですよ。何をグズグズしてるんですか」ともう一人が続ける。声色は平静だが、とにかくテンポが速い。

「大変だったんですね」とか「よく頑張った」のような同情の言葉は一切なく、切れ味のいい台詞が飛び交う。

こういうときって労ったり励ましたりするのがセオリーじゃないんですか……。彼女たちは顔面蒼白になっている私に容赦なく斬撃を飛ばす。

「今って、これまでよしとされてきた価値観が嘘だったとわかっていってるじゃないですか。こうしていれば正解っていう生き方が崩れた。結婚エンドもないし、バリキャリ極めるのもなんか違う。私たちにロールモデルがないんですよ」

ああ、確かにな。私も同意だ。２０１０年代の初め、これまで普通とされていた価値観が崩れてきたのに、目の前の社会はあまり変わっていなかった。終身雇用なんて幻想でしかないのに、いまだに残る年功序列。女性の社会進出を謳うくせに、就活の面接では「一般職は嫁さん候補だから」と笑顔で言う中年男性。一向に増えない女性の正社員率。

学生のときは勉強ばかり強要してくる割に、社会に出た途端に結婚の意義を説いてくる親。一生懸命働いていると「婚期を逃す」とからかってくる輩。気色悪い二枚舌を切り刻んでやりたいと何度思ったかわからない。

擬態の彼女が続ける。

「あなたが頑張って、これまでと違う形で成功してくれないと、私たち下の世代はどうやって生きていけばいいのか想像できない」「そうそう」「今までの正解に囚われすぎなんですよ」「あなたなりの成功を導き出さないと」

J―POPバンドの歌詞に出てきそうな単語の羅列に戸惑った。殴られ続けて1時間、説教が激励に変化している……？　私が頑張れば、行き場のない怒りで破裂しそうな彼女たちも、ちょっとは前向きな気持ちになれるってことだろうか。単純な私は言葉をそのまま受け取ってしまう。もしかして今までの攻撃は「頑張ってくれよ」というオチに向かって積み上げられたふりだったのかもしれない。

取材が終わり、私はフラフラになりながらアパートを出て、女子大生たちと別れた。彼女たちは「すっきりした〜」という感じで、キャッキャしている。この後、上野のマルイに行くらしい。Dは「撮れ高は、まぁ……よかったんじゃね？」と言い部屋に戻った。なんだったんだろう、この時間。残り僅かなHPを振り絞って大江戸線に乗った。でも、妙に背中が軽くなったのを覚えている。清々しさすら感じたぐらいだ。

◆◆◆◆◆

結局私は休職していた会社を辞め、異業種に転職した。仕事の合間にエッセイを書くようになって数年が経ったある日、突然メールがきた。

「学生の頃、お世話になりました」

送り主は「擬態の女子大生」だ。彼女は編集者になっており、私にエッセイを書いてほしいのだという。10年越しの連絡が執筆依頼。まさか彼女から仕事の話をもらえるなんて思っていなかった。

打ち合わせのため、Zoom越しで彼女と久しぶりに顔を合わせると、変貌ぶりに驚いた。相変わらずフェイスラインに無駄な肉はなく、丸い瞳も健在だったが、目頭に入っていた力が取れ、眼差しがずいぶん柔らかくなっている。

いざ一緒に仕事をしてみると、彼女がいかに優秀な人かよくわかった。メールも朱入れも丁寧で、的確かつ迅速。嫌味のないアドバイスは、心地よく筆を進ませてくれた。私は相変わらずポンコツなので、締め切りを延ばしてもらいつつ、ギリギリで校了を迎えたのだが。

仕事の終わりに彼女から「お互い闇だった時期に出会って、今お仕事できて嬉しかった」とメールが送られてきた。彼女もあのとき、心に闇を抱えていた。それを隠していたから、風貌と言動に歪みがあったのだろう。

多分、あの新御徒町のアパートでの叱咤は、当時の自分に必要なものだった。出口が見えない社会で、なんでもいいから頑張る理由が欲しかった。

メールの末尾にはこう書かれていた。

「最近、恋人ができたんですよ」

今度はお酒でも飲みながら、彼女のプライベートの話を聞いてみたい。

20代前半、生きづらかったのは、何故

「俺のことバカだと思ってるでしょ？」

ふとした会話の途中に言われてギョッとした。どうしてそんなこと思うんだろう？　目の前にいるのは、自分より10歳も年上のメンターだ。

「え？　そんなことないですよお」口角をほんの少し上げて返す。きっと冗談だろう。もしくは生意気な態度をとっていたのを注意したのかもしれない。

でも、私は確かに動揺した。心の中でうっすら思っていたことを言い当てられてしまったからだ。整然と並んだデスクにＰＣが置かれ、数百人がうごめくオフィス。大勢がカタカタとキーボードを叩く光景は養鶏場のようだった。

何人かの社員が電話をしている。薄く笑いながら「なるほどですね」と薄っぺらい相槌を打っていた。

会社のイロハを教えるメンターと新入社員の会話は、たくさんの雑音に混ざって消えた。「おい、メシ行くぞ！」と課長が呼びかけると、わらわらとスーツを着た社員たちが続いていく。メンターも急いでその群れに加わった。

スーツの集団を見守りながら、コンビニで買ったパンを頬張る。オフィスを見渡すと、他の部の「群れ」も昼食に出かけたのか席がまばらになっていた。

オフィス街、汐留。よくある昼間の光景だ。

◆◆◆◆◆

社会人になったとき、自己責任の世界に放り込まれるような感覚があった。能力が高ければ自由が手に入るし、低ければコマになる。受験や就活など競争は何度も乗り越えてきたものの、社会はもっと広大だった。でも、弱肉強食といえるほど単純でもない。ぼんやりとしたルールがたくさんあった。

「根回し」という人間関係が大事だったし、なんだかんだ羽振りを利かせるのは中堅以上。「なるほどですねー」と相槌を打ったほうがクライアントに信用されたり、つまらない提案が採用される。

結局、年功序列じゃないか。機嫌をとるのが正解なのかよ。クソゲーだな。

一人になれる個室トイレでよく考えた。オフィスなんかに戻りたくなかった。あそこに馴染むと自分が失われていくような気がするからだ。


一方で、「きみは何か持ってる」と優しい種を撒く大人もいた。励ましてくれるけれど、水を注いでくれるわけでもなかった。

才能、実力、人徳、スター性……本当に「持っている」なら、具体的な言葉が入るはずだ。でも私は何も持っていないから「何か」という言葉を贈られた。甘い言葉を素直に信じられるほど私はバカじゃない。何もかも否定して諦念することでしか、自分を保てなかった。意志を持っているような感覚があるからだ。

「私は違うから」と他人を見下しては、本当は何もない自分がバレるのが怖かった。だから手を差し出してもらっても「どうせ私なんて」と突っぱねるしかなかった。せめていい実績を残したくて、がむしゃらだった。何もかも一人でやり遂げないと認めてもらえない。強迫観念に駆られて休みもなく働いた。成果は大して変わらなかった。

結局、汐留では何もできずに、心をすり減らして会社を辞めてしまった。迎合するとかしないとか、そういうレベルになる前に自滅した。

◆◆◆◆◆

20代最後の日、私は久しぶりに汐留の地下道を歩いていた。数社渡り歩き、新卒入社した会社を訪問することになったのだ。

まさか自分が逃げ出した場所に戻ってくるなんて、思ってもいなかった。

不安と虚しさを引きずりながら歩いていた道は何も変わっていない。自動ドアをくぐると懐かしい匂いがした。

「昔、付き合っていた人の家に戻ってきた感じがする」と冗談めかして言うと、同行していた上司が「だいぶ重い感情を会社に抱いてるじゃん」と笑っていた。

オフィスの1階にあるスタバでよくコーヒーを飲んで、あそこのファミマで昼ごはんを買ってたな。出社するときはベルトコンベアに乗せられているかのような気持ちで、このエスカレーターをのぼったな。

「このままでいいのかな」とマイナス感情を持て余していた。〝いつまで経っても新品〟

のようなオフィスの匂いがトリガーとなって、憂うつな日々をありありと思い出した。

目の前に座った「汐留の人たち」と話をする。受注・発注という関係性になったものの、いい結果を残すという目的は同じだ。「こうしたらどうですか？」「B案はありますか？」「いつまでにできますか？」と質疑応答を繰り返す。

軽快なやりとりをしていて気がつく。自分を含め、この場所にいる人間はいい結果を残すことだけを考えていた。「他人にどう見られているか」を考えているメンバーは誰一人いなかった。

自己責任の世界で、どうにか自分を認めてもらいたい。なんの武器も持たない新入社員は、虚勢を張って諦念《ていねん》のポーズをとっていただけ。きっと周りの大人には、透けて見えていたのだろう。私の意見が採用されなかったのは、単に自分のことしか考えていなかったからだった。

仕事が終わり、汐留の地下道からエスカレーターで地上にのぼる。

振り返ると社員と思しき数名がビルに吸い込まれていった。その瞬間、長いトンネルから抜け出したような気持ちになった。

20代前半の、諦念に満ちた否定的な感情は一体なんだったんだろう？

それは虚栄心だ。


少しでも自分をよく見せないと、蹴落とされそうで怖かった。だから他人と自分を比べては、焦燥に駆られていたのだと思う。

そんな不安を覚えたのは、単に足跡がなかったからだろう。やってきたことがない。歩んできた道がない。自己防衛本能に近いだろうが、嘘をついているようで苦しかった。


30歳を目の前にした日、かつて虚栄心に浸った汐留は違うように見えた。

特別大きなブレイクスルーがあったわけではない。まるでエスカレーターで上がるように、気がついたら薄らいでいた。思えば、ずいぶん生きやすくなっているではないか。

今でも「失敗したらどうしよう」と不安になるし、自分に中身があるかなんてわからない。「自分」は好きではないけれど、「自分がやってきたこと」は好きだと言える。

あの頃の自分から見たら、今の私は「つまらない大人」になっているのかもしれない。

でも、「20代最後の日に、逃げ出した職場に戻る」筋書きがあるだなんて、当時の私は想像しなかっただろう。この道が合っているのか、間違っているのかはわからない。ただ、進んでいくと足跡だけはつく。予想外の道にいることだってある。

20代は、足跡をつけることで虚栄心を飼いならす時間なのかもしれない。社会は否応なしに自己責任を問うてくるし、顔色ばかりを窺う退屈な人間も多い。

その中で、虚栄心が芽生えるのは正常なことだし、大切にしたいとさえ思う。この負の感情は、角度を変えれば、向上心に見えなくもない。


曇り空のもと、かつてゾンビのように歩いた道を通る。

別に晴れる日がこなくてもいい。自分のことを好きになる日なんてこないかもしれない。

けれども、足跡は私を保証してくれる。

これがわかっただけ、20代に歩んだ道は悪くない。


グレーな空も結構好きだ。

おわりに

ピルを飲んでいる。正確に言えば、怠惰な私はピルを飲んだり飲まなかったりする。直径5ミリほどの錠剤は、ホルモンを調整することで月経をコントロールしたり、それに伴う症状を緩和したりする効果がある。コロナ禍の最中、久しぶりに実家近くの産婦人科に飛び込んで、ピルを処方してもらったときのことだ。カルテを見た看護師が言う。

「最後に当院にいらしたのは、17年前みたいですね」

高校生のとき、生理がぴたりと止まってしまった。初潮も遅く、出血量も少なかったので気にかけていなかったが、高校の養護教諭に「生理ないんですよね〜」と軽い気持ちで話すと、「今すぐ産婦人科に行きなさい」と血相を変えて言われた。「え、そんなにヤバいの？」と思いながら、下校途中に足を運んだのが最初だった。

ピンク色のソファが並ぶ待合室で、オルゴールのＢＧＭを聴きながら診察を待つ。周りを見渡すと、実にさまざまな女性が腰掛けていた。ワンピースを着た大学生のような人、ジャケットとパンツを着こなした人、寝間着のような服で座る人……制服を纏っているのは私だけだった。まるで「女」の見本市のようで、気が重くなったのを覚えている。

診断結果は月経不順。そして月経リズムを整えるためにピルを処方された。

産婦人科に行ったことは、家族には言えなかった。あいにく我が家は父子家庭だったし、よからぬ心配をされたくなかった。姉にでもバレたら親戚中に言いふらされそうだ。

「取り残された」

高校生のとき、自分にしっかりと刻まれた感覚だった。教室にいるあの子も、あの子も、きちんと生理がきているんだと思うと、自分が「欠陥品」であるような気持ちがむくむくと育っていく。

一方で、私は安心もしていた。「女」にならなくて済む――と思ったからだ。

10代の私は長らく「女になりたくない」と思っていた。初潮を迎え、セックスをし、結婚し、妻になり、母になる……あらゆる通過儀礼を通して「女」という社会的存在に閉じ込められることが嫌だった。

他界した私の母親は、結婚を機に名字を変え、寿退社し、さらに妊娠が発覚したことで「夢だったスチュワーデスの試験を辞退した」そうだ。ゲームでは、治癒魔法を使うのはたいていヒロインキャラで、最前線で敵と戦うことは少ない。少女マンガでは、世界の平和を守っていた美少女戦士が、最終回で「好きな男と結婚してめでたしめでたし」と幕を閉じた。

私はどれも納得がいかなかった。子どもながらに「女になると主戦場から退場をさせられるの？　絶対に嫌だ」と子どもながらにイライラしていた。もしかすると、少年マンガを貪るように読んでいたのは、そういう「女性性」への反発心からだったのかもしれない。だからこそ月経不順という状態は、私を「女未満」であると証明しているように見えた。

高校生で生理が止まって以来、大学や職場の近くなど、いろいろな病院を渡り歩いた結果、人生の半分以上を産婦人科に通っていたことになるらしい。看護師からの発言は、自分の出自を確認するには十分な重みがあった。

ショッピングモールに入った病院。ここが自分にとって、『津軽』でいう、太宰治が子守女と再会した運動場なのだろうか。太宰はここで「もう、何がどうなってもいいんだ、というような全く無憂無風の状態」になったようだが、私は無味乾燥具合に唖然としていた。このピンク一色の産婦人科で、私に心の平和がもたらされるわけがない。ただただ「えー、ここが自分の原点なの？　嫌なんだけど」と失笑していた。

人生、本当にままならない。でも、思ったのと違うことでいいことはたくさんある。時が経つにつれ、「女性性」という言葉が持つイメージはものすごく変わった。自分の周りの女性たちは、結婚や出産後も自分らしく生きていて、夫が名字を変えるカップルもいる（早く選択的夫婦別姓制度が認められますように！）。

2年前に育児本を手伝わせてもらった草野絵美ちゃんは、自著で「子どもを生んでも、私の人生の主人公は私です！」と言い切っていて、スカッとした。私が拒んだ「女性性」は、もはや過去の遺物になりつつある。10代の頃の危惧は、杞憂になってしまったのだ。

この本は、cakesで連載していた『匿名の街、東京』と、私のnoteに書いた文章、そして最近書き下ろしたものなどを雑多に混ぜたものになった。自分がメディア業界に飛び込んだときは、ガジェットの最新情報を追う媒体で編集者だったので、この未来は全く想像していなかった。その前は営業として関東平野を駆けずり回っていたので、人生はよくわからない。

すぐに「嫌です」と言ってしまう私の背中を押してくださった、noteの加藤さん、編集者の井澤さん、鳴海さんには頭が上がらない。深夜にも関わらずいつも相談に乗ってくれる友達や家族、自分は本当にいろいろな人に泣きつきながら原稿を書いてきた。数年前の連載にも関わらず「本を出しましょう」と声をかけてくれた小学館クリエイティブの川本さん。新年早々、ご迷惑をおかけしたにも関わらず、温かい声をかけてくださった燃え殻さん、電話口で励ましてくださった宮川さん。本当にありがとうございました。

そして、この本を手にとってくださった皆様にも感謝申し上げます。あなたが取り残されたと思っているとき、意外と近い場所で「つらい」と泣いている私がいることを思い出していただければと思います。結構な頻度で号泣しています。

終電を逃したら、タクシーを拾えばいい。
タクシーが来なければ、歩いて帰ればいい。
誰もいない夜道は私のものだ。

嘉島唯（かしま・ゆい）

新卒で通信会社に営業として入社、ギズモードを経て、ハフポスト、バズフィード・ジャパンで編集・ライター業に従事。現在はニュースプラットフォームで働きながら、フリーランスのライターとしてインタビュー記事やエッセイ、コラムなどを執筆。フィクション・ノンフィクション問わず、東京で生きる独身男女の姿を描いた作品が人気を博す。本書『つまらない夜に取り残されそうで』がデビュー作となる。

ブックデザイン　鳴田小夜子（KOGUMA OFFICE）
装画　赤
DTP　キャップス
編集　川本真生（小学館クリエイティブ）

つまらない夜に取り残されそうで

2024年2月27日初版第1刷発行

著者　嘉島唯
発行人　尾和みゆき
発行所　株式会社小学館クリエイティブ
〒101-0051　東京都千代田区神田神保町2-14 SP神保町ビル
電話 0120-70-3761（マーケティング部）
発売元　株式会社小学館
〒101-8001　東京都千代田区一ツ橋2-3-1
電話 03-5281-3555（販売）
印刷・製本　中央精版印刷株式会社

ISBN978-4-7780-3628-7